错爱青春

张芙蓉 著

U0131688

台海出版社

图书在版编目（CIP）数据

错爱青春 / 张芙蓉著. -- 北京：台海出版社，
2023.6
ISBN 978-7-5168-3576-0

Ⅰ．①错… Ⅱ．①张… Ⅲ．①长篇小说－中国－当代
Ⅳ．①I247.5

中国国家版本馆CIP数据核字（2023）第104911号

错爱青春

著　　者：张芙蓉

出 版 人：蔡　旭　　　　　　　　封面设计：树上微出版
责任编辑：王　艳

出版发行：台海出版社
地　　址：北京市东城区景山东街20号　邮政编码：100009
电　　话：010-64041652（发行，邮购）
传　　真：010-84045799（总编室）
网　　址：www.taimeng.org.cn/thcbs/default.htm
E - mail：thcbs@126.com

经　　销：全国各地新华书店
印　　刷：武汉市籍缘印刷厂
本书如有破损、缺页、装订错误，请与本社联系调换

开　　本：710毫米×1000毫米　　　1/16
字　　数：245千字　　　　　　　　印　　张：13.5
版　　次：2023年6月第1版　　　　印　　次：2023年6月第1次印刷
书　　号：ISBN 978-7-5168-3576-0

定　　价：68.00元

C目录
ontents

第一章 不速之客

听说当小女孩儿做着美梦的时候，总不会有太坏的事情发生。这一天的太阳在萧晨诺还没醒来的时候就已经升得老高了，这一觉她睡得很饱，在梦里妈妈不像平日那么爱发脾气，始终温柔地陪着她嬉戏。在她的记忆里，这几乎是不可能的。

"妈妈……"晨诺睁开蒙胧的睡眼，迷糊地叫了一声，一只温暖的手就抓住了她的小手，但那手的主人，却不是她的妈妈。

"爸爸，妈妈哪里去了？"晨诺本能地抽回了手，警觉地盯着这个不速之客以及她身边的男孩，转头对着同在床边的爸爸要妈妈。

"她已经走了，以后，王阿姨就是你的妈妈，晨阳就是你的哥哥。"萧之远尽量温柔地宣布这个残忍的事实，却并不知道他的这句话对萧晨诺来说意味着什么。

"你骗人！妈妈昨晚还说很爱我的！她不会不要我的！"晨诺大声地哭喊起来，她的梦彻底碎了，她希望是爸爸在骗她，虽然爸爸很少对她撒谎。

"小诺，现在我们都有爸爸妈妈了！"萧晨阳走到她面前，笑得很灿烂。如果是在昨天，她一定会高兴地跟他拥抱撒娇，可是今天，她却愤怒地瞪大了眼睛，朝着他怒吼。

"你抢走了我的爸爸，赶走了我妈妈！我恨你！我恨你们所有人。"晨诺跳下床，冲出门去。她不知道该如何相信爸爸的话，昨天以前，那个叫王银

的女人还只是她的邻居阿姨，那个叫萧晨阳的男孩也不过是一个刚好和她同姓的邻家哥哥，就在他们刚刚搬来小区的时候，她还和爸爸一起去给他们帮过忙。可是一转眼，他们却进了她的家，宣布要成为她的妈妈和哥哥，而她自己的妈妈却不知道去了何方，甚至都没来得及跟她告别。

晨诺出了家门，奔出小区，朝着车站的方向飞奔，一晃眼，就已经到了主干道上。晨城的马路似乎比以前要宽了，也更长了，车也似乎比以前多了，她在马路中央彷徨，不知道该往哪里走，周围都是汽车和"嘀嘀"的喇叭声，她找不到妈妈，每一辆车都从她身边仓皇驶过，让她的恐惧快速地滋长。

终于有一辆巨大的卡车没能看见这个在马路中间迷路的小女孩，径直朝她冲了过来。距离在缩短，她的双脚像是被胶水粘住一般，无法移动，恐惧迫使她闭上了眼睛。

"停车！"一声尖锐的大喊传来，有人冲过来抱住了呆若木鸡的晨诺。

"嘎吱——"一阵尖锐的刹车声传来，他们就趴在离轮胎两厘米的地方。

晨诺缓缓睁开眼睛，这一刻萧晨阳那近乎完美的脸颊就永远地烙进了她迷茫的心里……

时间在这一刻静止，卡车司机师傅几乎还没从那个急刹车的惯性里缓过来，就急忙打开车门冲下了车，川流的车辆也暂时停滞下来，伸着头张望这突如其来的一幕，两个孩子似乎也吓傻了，始终没有发出一点声音或是做出一点动作，只是彼此地拥抱着，紧盯着对方的眼睛。司机观察了一阵，终于确定他们都没有生命危险，这才偷偷松了口气，一颗提到了嗓子眼的心，也慢慢地放了回去。就在他看见有个男孩冲过来的时候，他还以为自己……

"小诺，晨阳！"短暂的死寂被一个女人的呼喊声打破，王银惊慌地朝卡车冲了过去，在她身后还跟着眉头深锁的萧之远，她冲到车前，趴到地上查看孩子，又立即伸手去拉他们的手，但是他们的衣服被压住了，任她怎么用力也无法把他们拉出来。

"你们还愣着做什么？快把孩子弄出来啊！"王银冲着萧之远和那司机喊道。两个男人似乎这才从她的喊声中清醒过来，围观的人也随即过来帮忙。

很快，两个孩子就被众人从车底下拖了出来，大家也都稍微松了口气。晨诺和晨阳依旧愣愣地看着对方，也不理别人嘈杂的议论，任由他们忙碌着。

在生死边缘走了一遭，他们似乎就只能看见彼此了，生怕一个不小心，对方就会忽然消失不见。

"你们还好吗？晨阳，你说句话。"萧之远焦急地询问着，换来的是萧晨阳一个轻轻的点头，晨诺也跟着他点了点头，而后猛地把头埋进晨阳怀里，仿佛只有那里，才是唯一安全的角落。

"看样子孩子们应该没有受伤，只是有可能受到了些惊吓，先生，我……"做司机的最害怕的就是出车祸了。他的忧心萧之远是完全明白的，而且自己也不是那种得理不饶人的主。

"师傅，你别担心，这事也不怪你，是孩子太不小心了，你放心，我们不会难为你的，只要确定孩子们都好好的也就没事了。"萧之远一边宽慰着同样受了惊吓的司机，一边和赶来的交警沟通。

萧之远和司机配合交警作笔录，王银则把两个孩子领回了家。一路上晨阳和晨诺都一言不发，王银也不去逼问他们，任由他们继续发呆。

萧之远回来的时候已到深夜，王银赶忙给他倒杯水递过去，顺便询问一下情况。

"都处理好了吗？"她问得有些小心，在她的记忆里，萧之远不是个爱皱眉头的人。

"嗯，都处理好了。"他一边语重心长地说一边点了一支烟。

"什么时候开始抽烟了？既然都处理好了，孩子们也都没事，那就是不幸中的万幸，我也该回去了。"王银还是一样的温柔体贴。

"我今天差点失去了两个孩子！回想一下就觉得心惊肉跳，我在想，如果他们两个有点什么事，我该怎么办？既然她已经走了，你和晨阳就干脆搬过来吧，这些都是我欠你们的，我会好好照顾你们，虽然晨诺一时还不能接受，但我相信她长大些就会理解的。"萧之远的烟卷冒出浓浓的烟，呛得王银不自觉地扭开了头。

"要说到晨诺，我也能理解她，毕竟她还只是个 8 岁的孩子，突然被妈妈抛弃了，心理上肯定是接受不了的，好在我们还有机会慢慢补偿她。"王银把手放到萧之远肩膀上，希望他能够感到一点安心。

"哎，现在看来也只能这样了。"萧之远拍了拍王银的手，能和这样温柔

贤惠的女人度过未来的日子，这在以前是他想都不敢想的。

晨诺自始至终都不曾离开晨阳的怀抱，她的思绪还停在那个刺耳的刹车声里，那一刹那她仿佛看见晨阳张着天使一样的翅膀，奇迹般地让那可怕的大卡车停了下来，所以她就一直依偎着他，一直盯着看，怎么都不够，一直到她感觉有人拍了拍她的头，才从晨阳的怀里伸出了头。

"小诺，你知道今天做错事情了吗？你差点害死哥哥，还让爸爸妈妈为你担心。"萧之远尽量让自己的声音温柔一些，但即使这样，晨诺的脸上还是马上出现了一串晶莹的泪珠。

"妈妈……我妈妈被你们赶走了！"她原本还停在幻想的世界里，可是爸爸的一句"妈妈"立即就把她拉回了现实。她用力推开了晨阳，快速地冲出门去。

不知道从何时起，天空已经开始下起了小雨，加上眼泪模糊了视线，晨诺看见的整个世界都雾蒙蒙的。出了门才发现，自己根本不清楚应该去哪里，之前那大辆卡车的影子还在脑海里挥之不去，她再也没有勇气独自跑出去找妈妈了。

爸爸和那个女人还有晨阳的声音就在身后，她一闪身就躲进了一簇花丛。她看见他们朝着小区大门的方向追了过去，过了一会儿又脸色凝重地回来了，肯定是询问了门口的保安，知道她没出去，才折回来的。她还听见那个女人在爸爸面前说"小诺既然没出去，肯定是找地方藏起来了，她是个乖巧的孩子，等她情绪稍微稳定些，应该就会回来的。"然后就看见爸爸点着头跟她一起回去了。

"不会有人来找我了，他现在什么都听她的。"晨诺喃喃道，在花丛里待太久，腿脚都有些酸麻了，只好黯然走出花丛，在小区中转悠，不知道该到什么地方去。雨虽然不大，树木又挡去了不少，可花丛的露水早就把她给弄湿了，一阵阵凉意时不时地向她侵袭而来，肚子也很不合作的咕咕直叫。她相信自己现在一定非常狼狈，衣服那么脏，头发还一缕一缕地贴在脸上。心里有个可怕的声音一直在告诉她：她再不是人见人爱的小诺宝贝了，再没有人喜欢她了。

如果一切还和昨天一样该多好啊，那时大家还很疼她；那时妈妈还唱着摇篮曲哄她睡觉；那时的晨阳也不是坏人，他陪她玩，给她抓萤火虫，他还说过会像骑士保护公主那样永远保护她……越是回想就越是难过，很快眼泪就和着雨水流了下来，反正也没人管了，她干脆靠着棵大树坐到地上大哭起来。她哭得太伤心了，连有人走近了也不知道。

"小诺妹妹，你不要哭了，跟我回家去，爸爸妈妈都在到处找你，雨越来越大了，树林里很危险，会打雷的。"他一边温柔地劝说，一边小心地靠近她，生怕她一受惊就又逃跑了。

"你走开！不准叫我妹妹！我不是你妹妹！那个女人也不是我妈妈！你们都是坏人，你们赶走了我的妈妈！"晨诺推开要过来拉她的晨阳，尽管她曾经觉得那个不算强壮的怀抱很安全，但那永远也比不上妈妈的爱来得温暖。

"我可以不叫你妹妹，你也可以不用马上回去，但是请你不要赶我走，我说过要保护你的，你也同意了，所以我现在必须要陪着你，对不对？"他努力调动自己那尚未开发完全的智商，尽量使自己的话变得更有说服力。不是因为他答应爸爸妈妈要好好照顾她，而是他就是想要保护她。

"唔。"晨诺呜咽着，脑子里一片混乱，晨阳那看似合理的推论几乎把她说蒙了，直到完全被他抱住，才迟钝地想要挣扎，却也不过是象征性的忸怩一下而已。

晨阳把脸贴在她湿漉漉的头发上，刺激得他的皮肤有些痒，但是他就是喜欢这样的感觉。等她慢慢冷静下来，才又小心地带着她回家去。

第二章 黑夜，守护

当晨城的夜幕再次降临的时候，萧晨诺感觉自己实在累极了，自从和晨阳回到家，她就一直把自己关在房间里，不吃不喝不开门，谁的话也不听。尽管萧晨阳的怀抱很温暖，但是"理解"这两个字对于一个 8 岁的孩子来说，未免有些过于晦涩难懂。

"小诺，天都黑了，我给你拿点吃的好吗？"王银轻轻敲着门，柔声询问着，耳朵几乎贴到门上，却没有听见什么回应。

"算了，你别管她了，她屋里有的是零食，饿不到她的。"经过这一天的变故，萧之远也已经十分疲惫，再无力气去迁就她。

晨诺听着往日疼爱自己的爸爸冰冷的言语，眼泪就流得更欢了。哭吧，反正她也没人管了，妈妈已经走了，爸爸已经有萧晨阳了，他们才是一家人，再也不会有人关心她的死活了，她只是个没人要的可怜虫。晨诺就这样顾影自怜地一直哭，直到哭累了便沉沉睡去。

夜更深了，雨也下得更大了，轰隆隆的雷声惊醒了沉睡的晨诺。她睁开眼，却什么也看不见，闪电时不时照亮一些模糊的黑影，平日她最爱的小床此时显得格外冰冷，就像是个黑暗的大嘴巴，正准备把她吞噬。她小心地伸出手，希望能摸到妈妈或者爸爸，不过她的身边连一个可以给她一点依靠的东西都没有，她终于想起来自己在白天的时候就已经被爸爸妈妈给遗弃了。

她又开始回忆，记得以前的每个雨夜爸爸妈妈都会把她抱到他们的床上去睡，要不然，妈妈就会过来陪着她，告诉她，打雷闪电是为了惩治那些做坏事的坏蛋，绝对不会伤害她的，而且他们永远不会关掉她房间里的灯。不过现在，这里漆黑、冰冷，除了那些用来惩治坏蛋的闪电，就什么也看不到了。有闪电，就是说有坏蛋在做坏事了，那么谁是坏蛋呢？会是萧晨阳和他的妈妈吗？他们会被惩罚吗？她小小的心里忽然有些不安，也许他们还达不到被惩罚的地步，至少，她还不希望萧晨阳有事。

想到这里，晨诺赶紧爬了起来，一个人摸索着走出黑暗的房间，在走道里寻觅着他的踪迹。借着一道又一道的闪电慢慢地朝曾经空着的那个房间走去，那里还亮着灯。

"也许他还没睡。"她想着。就在此时，那扇门忽然开了，萧晨阳并不高大的身影从里面走了出来。

"小诺！你怎么出来了？"萧晨阳一整天都在想怎么让晨诺尽快高兴起来，一直等到爸爸妈妈都回房间了，他才去睡觉，刚睡下又被巨大的雷声惊醒了。他倒是不怕打雷，只是不知道晨诺睡得好不好，是不是会被这雷声吓到？没想到刚出门，就看见了晨诺正朝这边走来。

"我……我想看看那个女人是不是抢了我妈妈的房间！"本来，她也很想告诉他，她是来看他的，她不想他被雷电惩罚，不过她虽然才 8 岁却已经十分爱面子了，而且还不经意地伤了萧晨阳的心。

"小诺……你就原谅我和妈妈吧！我们没有赶走你的妈妈，也没有要抢你的家和爸爸，我们只是想和你做一家人！"他极力地想要解释，但他都还没来得及阻止，她就已经毫不客气地敲响了主卧室的门。

"怎么了？小诺是害怕吗？我陪你睡吧！"开门的是王银，看见眼睛还肿着的晨诺，心里的母爱不自觉地就发酵了，不过晨诺并没有领情。

"你这个坏人！你为什么要抢我妈妈的房间？我不准你住在这个房间里！你给我滚出去！这是我妈妈的房间！"晨诺一边大喊大叫一边把她往门外推，逼得萧之远站出来阻止她的行为。

"你给我回房间好好睡觉，为了你大家都忙活了一天了，大半夜的你还要出来捣乱，再不听话我打你了！"萧之远的耐心快要耗光了，他抱起晨诺就把她直接送回了她的房间，把她往床上一扔，灯也不开，直接转身出了门。

晨诺一屁股跌在床上，一边哭一边哽咽着呼唤着："爸爸，我不捣乱，你不要走，我害怕！"但是她的声音被雷声掩盖了，萧之远根本就没听见，她只能继续在床上感受被遗弃的滋味。

"谁？"也不知道哭了多久，隐约听见有人在敲门，还有个熟悉的声音在叫她，会是萧晨阳吗？她抹了抹泪，轻轻地下床去开门。

"小诺，我知道你会害怕，所以……，我就来看看你。"萧晨阳把头垂得低低的，生怕她一不高兴了赶他走。可是等了好半天，也不见她有什么反应，又只好继续解释他的来意了。

"这个毛毛熊是我小的时候怕黑妈妈给我买的，我现在都长大了，我把它送给你。"他从身后拿出一个小小的旧毛毛熊，借着一个闪电，他看见晨诺的衣橱里放着好多不同样式的娃娃，个个都又大又新又漂亮，而他这个太不起眼了。

"看来你不需要了，那我就走了，晚安。"他的心里承受了一个不小的打击，自己似乎真的什么也帮不了，他很不喜欢这样的挫败感。

"你帮我把灯拧亮吧！"就在晨阳准备离开的时候，晨诺开口道。

晨阳立即回头，借着闪电找到了晨诺说的床头灯，那开关对于晨诺来说，可能是有些旧了，晨阳也费了点力才把亮度调合适，屋子里有了光，恐惧自然也就少了。

"明天我们去叫爸爸把开关修一下，不然你害怕可怎么办啊！"他建议着，也明白了为什么晨诺害怕也不开灯了。

"以前，他们都不关灯的。"晨诺轻轻地说着，语气里掺杂了不少的伤感。

"哦，对不起，妈妈早上帮你关掉了，她不知道你睡觉喜欢开着灯，她一直说开着灯睡觉不是个好习惯……"晨阳努力地解释着，虽然妈妈早上关了灯就再没能进来，但他仍然感觉像是自己犯了什么不可饶恕的过错。

"我不怕。"晨诺一边说着不怕，一边把毛毛熊搂得更紧，生怕他会因为她的不怕，而把这个毛毛熊给带走。她有很多娃娃，不过没有一个能够真的让她不怕，只有这个毛毛熊多少可以让她觉得温暖。

"小诺最勇敢了。"晨阳温柔地看着晨诺亲昵地抱着毛毛熊的样子，感觉无比安心。转头看见晨诺干净的房间和整齐的零食架，脸色马上又暗下去。

"小诺，你怎么什么都没吃？"晨阳惊讶之余，赶紧从架子上拿出酸奶、蛋黄派等物，打开包装递到晨诺手里。晨诺也不和他犟，接过来就狼吞虎咽，毕竟还是孩子，饿了一天，哪里还顾得上怄气。

直到亲眼看着晨诺吃饱喝足，晨阳才发现夜已经很深了，虽然还不想走，可是晨诺却不能不睡，这一天，她承受太多本不该属于她这个年龄的变故了。

"小诺，我得回去睡觉了，就让这个毛毛熊替我陪着你吧！"尽管还是很放心不下晨诺，晨阳却忍不住打了给哈欠。

"谢谢。"晨诺躺了下来，晨阳帮她把被子盖好，那毛毛熊依旧紧紧地搂在她怀里。她觉得她是真的不害怕了，而且晨阳也觉得那个毛毛熊可以好好地陪伴她，所以便安心地走了。

这一夜，雨还在继续，雷也一直没有停，爸爸或者妈妈都没有过来陪小晨诺睡觉，不过她却没有被惊醒过。

第三章 关心，在右边

到了孩子们该上学的时候，王银总是很早就起床了，忙碌完晨阳和晨诺的早餐，还要为他们准备好一天的饮水和零食，好在晨诺最近都表现得很安静，也没有跟她闹别扭，不然她可就只有干着急的份儿了。

"晨阳，东西我都给你收拾好了，你和小诺吃好了就快些去学校，一路上要小心，到了学校要听老师的话，注意和同学搞好关系……"王银还在不厌其烦地絮叨这些早对晨阳说了好多年的话，晨诺就已经起身去取书包，准备去上学。

"小诺，等等我来帮你拿。"晨阳立即放下手中的牛奶，站起来帮晨诺把书包从架子上拿下来，最后才拿上自己的书包，准备和她一起出门。

"你们过马路的时候一定要多加小心啊！晨阳你要好好照顾妹妹！"临走时，王银还不忘叮嘱一句。

"我知道了，妈，你放心吧！小诺不是一直很乖吗？你也没见我出过什么事嘛！放心了，没问题的，妈妈再见。"晨阳帅帅地对着王银一笑，便拉着晨诺的手一起走出了门。

从小区到学校并不远，走几分钟就到了，只是这几分钟路程却要过两次马路，以前晨诺上下学，都是由妈妈亲自接送的，现在却都是拉着晨阳的手走过。

晨城的早晨空气很清新，金灿灿的阳光洒在大地上，别提有多美了，晨诺最喜欢沐浴在这样的阳光下。只是如今拉着她手的不是妈妈，而是萧晨阳，他也不会像妈妈那样任由她走到马路上去沐浴阳光，而是让她走最靠里的人行道，惹得晨诺一路上都黑着脸。

"小诺，你怎么了？看起来不是很高兴？哪里不舒服吗？"晨阳很敏感地察觉到她的不满，赶忙小心地询问。

"你为什么要和我抢阳光？为什么不让我走左边？"晨诺说着，嘴巴噘得老高，以充分表示她的不满。

"我没有要和你抢阳光，我把你让在右边是害怕你被那些车子碰到，你看那么多车，要是把你撞了可怎么办呢？"晨阳一边解释，一边抬头看看清新又灿烂的太阳，真的很美。晨城的人们也和这里的太阳一样是充满灵气的，就像晨诺，如果不生气的话，简直可爱得不得了，就算生气，也让人不由得去怜惜。

"它漂亮吧！"晨诺还是头一次听见有人告诉她：永远把她放在右边也是一种关心，本想继续听他说点别的，却发现他也正望着天上的太阳出神，那可是她心中最美的东西呢，难免就有些骄傲起来。

"的确很漂亮！"晨阳由衷地赞叹。

"那是，在晨城不会有电视里的那些可怕的风沙，太阳永远都是可爱的，流水永远是清澈的，山永远是绿的，就算有的树会掉叶子，但是有些树就算下了雪也还绿着呢！还有那些笨重的汽车，他们也是很规矩的，上次那个大卡车纯粹是个意外。"晨诺得意地介绍着，毋庸置疑，晨城是她的骄傲。

"虽然这一切都很美好，但是你还是要在右边，那样比较安全。"晨阳绝对不怀疑晨诺的骄傲，只是他也绝对不让她脱离他的保护。

"好啦，知道了。"晨诺习惯地噘起小嘴，显得格外可爱。两只拉在一起的小手也甩得老高，孩子们的感情，总是这样简单。

晨阳和晨诺在同一所小学，一个五年级，一个二年级，都在一栋楼上课。趁着课间休息那点时间，晨阳来到晨诺的教室，想看看她在学校的生活过得怎么样，不过并没有他以为的那么好，几个比较大个的小女孩正围着她，对她大呼小叫。

"你怎么那么笨啊，叫你帮忙做个作业，你连错都要错得一模一样，现在大家都要受罚！你说怎么办？你现在就把零花钱全部交出来，然后去对老师说是你抄了我们的作业！快点！"胖胖的杨婷婷一手指着她，一手叉着

腰叫喊，完全不像七八岁的孩子。见晨诺没有反应，她又伸出手去，准备继续推的动作，不过她的手刚伸到一半就被抓住了。

"你们这群小姑娘怎么欺负人啊？你们爸爸妈妈没教过你们，同学之间要和睦相处吗？"晨阳瞪大了眼睛质问杨婷婷和她身后那几个耀武扬威的小女生，几个小女生吓得一哄而散，只留下晨诺一个人不知所措地看着他。

"他们经常欺负你吗？"他的声音已经缓和下来，眼里的火焰却没有熄灭，晨诺不自觉地把头给扭开了。

"没有。"她说得很小声，倒不是被那几个小女生给吓到了，只是这种窝囊事她是断然不会告诉别人的，就连爸爸妈妈也一样，现在被晨阳给撞见了，若说感激肯定是有的，但是更多的还是羞愧。

"不要害怕，我会保护你的，再不准别人欺负你！你告诉我，我们去找老师，让老师来惩罚她们。"他几乎用尽所有的英雄气概，居然有人敢欺负他的小诺，他是不会善罢甘休的。

"我不怕，该上课了，你快走啦！"晨诺不由分说地把他推出了门，自己坐在位置上发呆，一直到几个胖脑袋凑近才回了神。

"他是谁啊？跟你什么关系？为什么那么关心你？"杨婷婷假装友好地问。

"不要你管啦！"晨诺把头扭开，不理会这些讨厌的女生。

"哦，我知道了，他是请来的帮手！"杨婷婷见她不理会，就摆出了之前的架势，双手叉着腰和那个几小跟班一起嚷嚷，急得晨诺差点掉下眼泪来，还好老师已经来了。

"杨婷婷你又在做什么？有人举报你欺负同学，还抄袭作业！我还不信，现在叫我抓到了！你给我出来，去墙角站着，放学了留下来把昨天的作业给我补上！"老师威严的声音把杨婷婷给赶到了墙角，而后又转身对晨诺道："萧晨诺同学，如果她们以后再欺负你或者让你做些不对的事情，你一定要来告诉我，知道了吗？"

"嗯，我知道了。"晨诺把头埋得低低的，她从来就不怕老师，只是不敢看老师后面那个萧晨阳，一直到他走了，她才把头抬了起来。

晨诺曾经不敢做或者不想做的事情，现在都有人在帮她做，而且都是为她好，或许萧晨阳就是传说中的天使吧。

第四章 英雄

　　自从萧晨阳发现萧晨诺在学校被欺负后，他对她的保护欲就越发强烈了，虽然晨诺是个好面子的女孩，但是他依然不管不顾地把她保护得严严实实。晨阳也不稀罕她的感激，能够继续照顾她，那就是对他最好的回报了。晨诺也渐渐发现，其实多个哥哥也没什么不好，至少还有个人可以帮她打抱不平。

　　"丁零零……"放学的铃声刚响，同学们就飞也似的冲出教室，仿佛半天不见爸爸妈妈就思念得不得了，只有萧晨诺还傻坐在位置上。她这一天，基本上都是这么傻愣着度过的，就连一向慢条斯理的老师也已经收拾好东西，准备走了。

　　"小诺再见，你妈妈应该很快就来接你了。"老师没少见晨诺妈妈来接她，以为今天来晚了，便忍不住安慰一句。

　　"老师再见。"晨诺没有理会老师的后半句，她知道妈妈不会来接她了，而且她在等的人也不是妈妈，只是不知道萧晨阳是不是丢下她自己回去了。

　　"也许，老师要留他补课；也许，他要打扫卫生；也许……"晨诺一边等，一边在心里猜测着各种可能，就是不愿意去想他自己先走了。晨诺越想越觉得难过，于是便从书包里拿出书本，开始做家庭作业。

　　晨阳已经朝着窗外看了好几十次了，学校的人都走得差不多了吧！刚才的喧嚣已经安静下来，不知道小诺走了没有，她一个人在路上安全吗？还要过马路，要是再遇到上次大卡车那样的事情，该怎么办？

"萧晨阳！你有在听吗？"老师早就发现他一直心不在焉的，难免有些生气。原本想着他是转学过来的插班生，让他留下来补补课，好早点跟上班级的进度，可是他怎么就一点也不认真呢？

"嗯？老师，对不起！你说到哪里了？我们继续！"晨阳的思绪被老师打断，慌忙道歉，因为他的确什么也没听见。

"哎，今天就到这儿吧，你回家自己要注意复习，有什么不明白的就来问我，只要没课，我都可以帮你补习，才小学就跟不上，以后怎么办。"老师语重心长地说。

"谢谢老师！我一定会找时间把课给补回来的！老师再见！"晨阳像听到了特赦令一样，飞快地抓起书包就冲了出去，只留下老师还在那里无奈地摇头。

萧晨阳出了教室直接就冲向了晨诺的教室，不管她有没有走，他都要看了才放心，不过，在潜意识里，他觉得她会在那里等他，虽然他们并没有约定过。

"小诺！"刚跑到窗口，他就看见了她的身影，不由兴奋地大喊出她的名字。那个埋头做作业的女孩闻声也快速抬起了头，给了他一个甜甜的笑容，如果这不是他的幻觉的话，那就太完美了。

"你在做作业吗？"他来到她身边，轻轻地问。

"嗯，反正闲着也是闲着，做好了作业回去就可以不用做了。"她轻轻地回答，手下还在奋笔疾书，差一点点就写好了，她得快点，才能不让他等更久。

"哦，你为什么还没有回家？"他试探性地问道，心底暗自猜测，她肯定是在等他一起回家。

"我怕你不知道回去的路。"她说得不急不缓，手上的动作也没有停。他听得好不开心，她确实是在等他，虽然那理由根本不成立，反正，只要结果一样就可以了。

"我们老师嫌我跟不上进度，所以留我下来补课，对不起，我来晚了。"他也不知道该怎么回应她，只能说对不起了。

"我就知道，"晨诺一边说一边把书本放进了书包，然后回头对他道，"我写完了，我们走吧！省得他们还以为我把你弄丢了。"这会儿晨诺已经很有一些"小地主"的架势了，句句都在体现她的责任感。晨阳也不拒绝，直接帮她拿了书包，拉起她的手，踏上回家的路。

"哦，你们快看哦！不怕羞的萧晨诺和男生手拉手呢！"刚走不远就遇到了杨婷婷，她身边那几个小跟班比在学校的时候更能起哄，围着晨诺和晨阳，不让他们过去。

"你们快点让开，不然我不客气了！"萧晨阳没想到这几个小女孩居然这么大胆，前不久才被老师教训过又来找事。

"我好怕怕哦……你以为我不知道是你跟老师告的状啊？真是个不知羞的男生！居然联合老师来欺负低年级同学！"杨婷婷的气焰比在学校的时候更加嚣张，也难怪，不远处就是她的家，只要谁敢动她一根毫毛，她那不讲理的父母就会立即出来给对方好看。但是这一点，萧晨阳并不知道，而且在萧晨诺还没来得及告诉他的时候，他就已经把杨婷婷提起来，扔一边了。

"哇，妈妈……"杨婷婷屁股刚一着地，立马就大哭起来。萧晨阳刚拉起晨诺还没来得及走，一个怒发冲冠的胖女人就已经冲了过来。

"是谁欺负我的宝贝了？"巨大的身影挡住了所有的阳光，猩红的眼睛直盯着晨阳和晨诺。

"是她不让我们过去的！"晨阳几乎没被她的怒气给吓到，依然理直气壮地回答她。

"她那么小的孩子，能拦得住你吗？"她继续她的狮吼，完全不理会别人的说辞。

"她是拦不住，所以就到一边去了！"晨阳还是一脸的无所畏惧，就算他心里害怕，也不能忘记保护晨诺的重任。

"那你们就是以大欺小！走，带我去见你们家长，今天这事不给我个交代那就没完！"胖女人伸出一只巨手，就要来抓晨阳的肩膀，岂料他一用力竟给挣开了。

"去就去。"晨阳不理她，拉着晨诺冒汗的手就往家跑，任由那胖女人没趣地跟在后面。杨婷婷这会儿也不哭了，正得意地在她妈妈身边奸笑呢。

"你们怎么这么晚才回来啊？今天过得还好吗？"晨诺和晨阳到家时，王银已经在门口等着了，看见他俩回来，就立即迎上来问长问短，完全无视杨

婷婷母女。

"哼！你还问他们怎么晚回来呢！他们在外面欺负我女儿！"胖女人逮着话茬就开腔了，杨婷婷也很配合地大哭起来。

"发生什么事了？"萧之远听见门口的动静，也赶了过来。

"爸爸，不是她说的那样，是她女儿在学校欺负小诺，放学了还和一些小孩拦在路上不让我们过，我只是把她弄开，她就哭了，这个大婶还硬说我们欺负她女儿。"晨阳有条不紊地将真实情况给讲了一遍。

"你们先进去，我会处理的。"萧之远搞明白了怎么回事，就把两个孩子支进了屋。大家同一小区，这个女人的事迹他是早有耳闻的，不过他可没准备为她委屈自己的孩子。

"小诺，吓到你了吗？不怕，我不会让人欺负你的！"刚到家，晨阳就立即过来安慰晨诺。

"她看起来很可怕！"她点点头，告诉他实话。

"不怕！我会保护你的！"他又一次把她搂进自己怀里，晨诺也乖乖地依偎着他，这让他觉得自己真的可以安慰她、保护她，就像他崇拜的英雄那样。

第五章 秘密

随着时间的推移，萧晨诺逐渐习惯了萧晨阳随时随地的保护，习惯了每天和他一起拉着手上下学，一起讲学校里发生的一些有趣的事情。虽然她还是不肯叫他哥哥，也不愿叫王银妈妈，但是她在他们面前，已经是个十分友好而且可爱的孩子了。

周末永远都是属于欢乐的，尤其是春天的周末，萧晨阳来晨城也已经有好长一段时间了，却还没来得及到各处去转转，他们家最有空的人 —— 萧晨诺，那可就义不容辞了。

"周末了，你想到外面去走走吗？"晨诺一边擦着刚吃过早餐的嘴，一边询问着看电视的晨阳。

"我对这里不熟悉，你知道有什么好玩的地方吗？"难得晨诺那么热情地找他说话，他的精神一下子就来了。

"嗯，草莓园的草莓好像熟了，我们去摘草莓吧？"晨诺一边提议，一边咽了咽口水，是人都知道她特别爱吃草莓。

"好，那我们就去摘草莓。"晨阳毫不怀疑晨诺的建议，立即起身准备跟她走。

"你们要出去啊？"王银看见两个孩子准备出门，免不得要询问一下再叮嘱几句，"要去哪里？远吗？要不要带些钱？什么时候回来？要小心啊！"

"我们要去摘草莓，不远，中午就能回来，嗯……我没有钱。"晨诺逐一

回答王银提出的问题，到最后才想起自己居然一毛钱也没有，就不好意思地压低了头。

"拿去，尽量早点回来，中午会很热，路上要小心！"王银一边把一张50元的人民币递给晨诺，一边继续她满是关心的叮咛。

"谢谢，剩余的我会拿回来的。"晨诺接过钱，保证似的说道。一直以来，萧之远都教育孩子要节俭，所以晨诺每次买东西有找零，都会如数拿回来，不说给她留着，她是不会要的。

王银还想继续说些什么，晨阳和晨诺已经跑出了门。这两个孩子都很听话，加上她一直对晨阳都特别放心，只是出去玩会儿，她倒也不是特别担心，只要能让孩子们过得开心，大家相处融洽，她也就知足了。

"我们得去换些零钱。"晨诺一边朝着小卖部走，一边解释道，"去草莓园得坐公交车，我们没有零钱是不行的。"

"还要坐车啊？你以前经常去吗？"晨阳若有所思地问，他倒是不怕，只是要带她去一个又远又陌生的地方，难免要小心一些。

"妈妈以前常带我去。走吧，我们去等102路公交车。"晨诺晃晃手里的零钱，手里还多了一瓶矿泉水。

"你口渴了？"晨阳有些想不明白她怎么刚从家里出来就要买水喝。

"你不懂了吧？如果你只是换钱，他们肯定会说没有零钱，如果你要买东西的话，那就不一样了，何况人总是要喝水的啊。"晨诺得意地摇了摇手里的矿泉水。等102路公交车进站了，两个人就直接奔向目的地。

草莓园是102路公交车的终点站，所以就算晨诺不太记得要过几站下车，也决计是不会走错的。当他们到达那里时，太阳已经洒满了那一片芬芳的土地，放眼望去，都是碧绿的草莓藤，风儿掺杂了泥土的气息，带上草莓的香甜，一阵接一阵地吹过来，吸引了所有来往的人们。路边已经搭了些卖草莓的棚子，那里面一篮子一篮子的，放着鲜红欲滴的大草莓，晨诺兴奋地向那些和蔼的叔叔伯伯跑了过去。

"请问您这里的草莓怎么卖的？"晨诺走到一个草莓摊问道，这家的草莓看起来特红、特大，每颗都很新鲜。

"小姑娘，一篮子15元，你要买一篮吗？"伯伯笑容可掬地回答她。

"我们可以自己到草莓田里去摘吗？"晨诺之意不在草莓，而在采撷也。

"也可以，那样的话，20元一斤，你们要去摘吗？"伯伯亲和地说出价钱，生怕两个孩子嫌贵就不买了。

"好，你带我们去吧。"晨诺一口就应允了，也没讨价还价，反正她带的钱也够。

晨阳一直跟在她后面，显然，他眼中的小妹妹比他想象的要能干得多。他长年在风沙肆虐的边疆生存，眼前的一切都可以说是梦幻般的美景，别说身体力行，就是在远处看看也是美好的。

"你快过来啊！这里的草莓很大耶！"晨诺一边忙自己的一边召唤他。

"这几天都在下雨，你说有没有把草莓洗干净？"还不等晨阳走近，就见晨诺已经把一颗鲜红透亮的草莓放进嘴里。虽然所有认知都告诉她这样不对，可是这些草莓的确太诱人了。

"这样可不太好。不过，少吃两颗应该也没关系。"虽然他一直都是规规矩矩的孩子，不过为了晨诺，他也不介意破个例。为了和晨诺保持一致，他干脆挑了颗鲜红欲滴的草莓一下子塞进嘴里。

"你是小偷。"晨诺调皮地撇了撇嘴，表示不屑，马上又忍不住跟着笑了，毕竟这还是自己先想到的主意。

"嘘！"晨阳做了个噤声的手势，顺手塞了颗草莓到晨诺嘴里。

太阳在天上笑着，草莓在地上香着，晨阳和晨诺在草莓田里偷偷笑着，而那位善良的伯伯就在一旁看着，好像在说"小样儿，别以为你们做得很隐秘，我都知道呢！"

当两个人有了共同的秘密以后，他们的关系必然会更加亲密，如今的萧晨诺和萧晨阳即是如此。他们也终于鼓起勇气，跟彼此分享一些心事。

他说："小诺你知道吗，我从小生活在一个边防小镇，那里没有青山绿水，只有接连不断的漫天风沙，家里喝口水都难。因为我从出生就没有爸爸，也偶尔会被一些坏家伙欺负，但是我不怕，因为我是男子汉，我要保护妈妈，当然，现在还要保护你。我妈妈是因为工作调动才带着我来到晨城的，没想到居然找到了爸爸。遇见你，能做你哥哥，我真的觉得特别开心。"

她问："你怎么知道我爸爸就是你爸爸？"

"虽然我没有见过他，但我就是知道，我家里有他和妈妈的照片。而且爸爸每隔一段时间就会给我们打电话和寄钱。是妈妈不想让爸爸为难，所以才一直没有让爸爸去看我们。我们这次来晨城，是因为，因为爸爸说，你妈妈要走了，希望我们能过来帮忙照顾你。"说到最后，晨阳的声音不自觉地低了下去，下意识地感觉自己真的抢了她的爸爸。

"原来，你们所有人都知道，却没有人和我说，她甚至都不跟我道别。"晨诺把脑袋埋进胳膊里，像只无助的鹌鹑。

"小诺，对不起，我们真的没有赶走你妈妈，是爸爸突然对我们说她要走了，我们只是想来安慰你，没想到会让你那么生气。也不知道她为什么不跟你道别。"所有的解释都显得那么苍白无力，急得萧晨阳手足无措。

"也许真的不是你的错。其实我曾经看见有个叔叔来找妈妈，妈妈总是出去很久不回家，回来以后爸爸妈妈就会吵架，我每次都很害怕，但是我又不知道该怎么办。后来你们来了，爸爸妈妈就吵得更凶了，一见面就吵，我以为他们会像丫丫的爸爸妈妈一样离婚，那样我至少可以和她告别，没想到妈妈却突然就走了，甚至都不肯跟我正式告别。明明她以前很爱我的。"

"世界上的妈妈都是爱自己孩子的，或许她只是不想让你难过，所以才会偷偷走掉。"大人们都以为孩子还小，什么都不懂，其实他们什么都知道，只是不知道该怎么说、怎么做，最后只能在幼小的心里积压成伤。

晨诺沉默了。晨阳也解释不清楚，为什么她妈妈会狠心抛下自己的孩子一走了之，甚至都不跟她告别。下意识又觉得可能是自己和妈妈的错，才让晨诺突然就失去了妈妈，不自觉又下定决心要对她更好。好在，晨诺已经接受他了。

第六章 奖状

时间如流沙，飞快从指尖流逝，在萧晨诺还没来得及好好游戏一番的时候，她就已经迎来了新一学期的开学典礼。每回学校都习惯把开学典礼和上一学期的优秀学生颁奖典礼一起举行，三年级了，从幼儿园开始算，这已经是她所经历的第六个开学典礼了，而开学典礼的大礼堂就是她的荣誉殿堂。只是这一次，司仪老师却迟迟没有念到她的名字，自尊和惭愧压着她的小脑袋，让她连抬头的勇气都没有。一直到听见老师念了一个她非常熟悉的名字，她才一个激灵，抬起了头，不过却不是萧晨诺，而是萧晨阳，他刚从外地转学过来就能站在那个本应属于她的领奖台上了。

晨诺记得老师们曾经说过：每一个学生都有机会站上台去领奖，关键是看你所付出的努力够不够获得那样的荣誉。也许她还不够努力，也许她不怎么上进，的确，自从妈妈走后，她就像是脱缰的野马，再没有放太多心思在学习上。以前经常拿奖状也无所谓，不过现在眼巴巴看着萧晨阳去领奖，而自己只能坐冷板凳，失落和不安就像大石头一样压在她心头，就连晨阳兴高采烈的样子也看不清楚了。

今天不用上课，开学典礼一结束，同学们就直接回家了。一路上，晨诺都紧皱着眉头，一言不发，就连一向被晨阳拉着的手，也收了回来。晨阳原本的好心情也只好先收敛一些，一个奖状是远远比不过他的晨诺重要的。

"小诺你怎么了？为什么不开心？我把我的奖品送给你好不好？"晨阳把

刚刚在学校得到的笔记本递到她面前，这是他唯一的奖品，一个并不值钱却十分精致的笔记本，尽管如此还是能让得奖的同学骄傲很久。

"那不是我的，我不要。"晨诺看了看那个漂亮的笔记本，是她很喜欢的宝石红色，不过她现在觉得那个笔记本代表着萧晨阳的骄傲，拿了就等于承认自己不如他了。

"你不要也没关系，你要是喜欢，我们可以回去跟妈妈说，让她给你买个新的。"晨阳赔着笑脸试图安慰受挫的晨诺。晨诺只顾着自己郁闷也没心情跟他讲，一直是欢声笑语的回家路，今天显得十分的沉闷。

晨阳载誉而归，萧之远和王银都很开心，一家人其乐融融地分享着喜悦。

"我们晨阳这回真是不错，以前都没见你这么用功过，我当初还担心你会跟不上学校的进度，现在看来我的担心真是多余的，想不到我这个愣头愣脑的儿子也有当'三好学生'的时候。"王银一个劲儿地夸赞自己的儿子，弄得晨阳很不自在。

"不错，继续努力，将来考个好大学。"萧之远也拍着晨阳的肩头以示鼓励。

萧晨诺一直在旁边安静地看着他们，其实她也很想跟晨阳说点祝贺的话，不过她现在觉得那好像是多余的，他们一家人那么开心，她都没法插嘴，她真是个多余的。若是在以前，她还会哭闹一番，现在看来也没那个必要了，闹不闹都一样，她一无是处，就连刚交上去的暑假作业也只是被老师评了一个合格，人家萧晨阳可是优秀呢！

晨诺黯然回到自己的房间，把门锁上，一屁股坐到床上独自伤心，不去听他们一家人的欢声笑语。床上是萧晨阳送她的那个毛毛熊，衣橱里还有好几个洋娃娃，那些都是以前妈妈给她买的。她打开衣橱，把毛毛熊放进去，把那些洋娃娃全都拿出来，一个个在床上摆好，没有人理她，她就只能跟它们说话了。

"妮妮，妞妞，乐乐，呦呦，你们知道妈妈在哪里吗？我好想她呀，都没有人理我，他们都嫌我没出息，我比不上萧晨阳，他什么都好，从来不发脾气，我什么都不好，还经常做错事，只有妈妈不嫌弃我，总说我是最棒的孩子，还总说我是最漂亮的女孩子，好吃的好玩的，只要我想要的，她都给我，可是妈妈走了，他们把妈妈赶走了。"晨诺越说越伤心，却根本停不下来。

"乐乐，你知道吗？你的名字是妈妈取的，她说我只要看见你就会很快乐，可是我现在一点也不快乐，妈妈为什么不回来看我？她不要我了吗？她为什么不带我一起走？是因为我不够乖吗？可是她以前不是这么说的，她很疼我的，为什么现在大家都不疼我了？

"其实我已经不讨厌他们了，他们一直都在照顾我，只是我更爱我的妈妈，为什么一个家不能有两个妈妈呢？既然一个家不能有两个妈妈，那为什么又要有两个孩子呢？如果只能有一个，那我就是多余的吗？妈妈说妮妮是最聪明的，你知道为什么吗？你到底能不能听懂我说的什么？

"妞妞是最听话最乖的，妈妈一直叫我学你，现在我已经不调皮了，也不懒惰，应该自己做的事情我都不会叫别人帮忙；呦呦是个好伙伴，可以伴我健康成长，长大了就能去找妈妈了，长大了就不需要别人喜欢我了，说不定等长大了大家就会很喜欢我了。我最亲爱的四个好朋友，你们都是天使，你们到妈妈的梦里去告诉她我在想她，让她回来看看我好不好？或者你们让妈妈到我的梦里来看看我好不好？"

晨诺一边摆弄着娃娃，一边回忆妈妈的样子，妈妈跟她的合照还挂在床头，只是看起来有些不自然，也不知道是不是因为她们照相时都化了妆的缘故。

"小诺，你在吗？把门打开好不好？"晨阳早就知道晨诺不开心，一看她不见了，就立即找了过来，在门外听不清她的自言自语，只当她在哭，就迫不及待地敲门。

"来了。"晨诺应了声，把门打开，她知道好孩子是不会把客人拒之门外的。

"你哭了？在想你妈妈吗？我怕你不开心，就过来看看，你还好吗？"他的关心溢于言表，让晨诺不自觉地往后退了一步。

"我没事，下个学期，我一定会拿到奖状的。"晨诺一语既出，就把自己的妒意给显露出来了。

"我相信你可以，而且我们大家都知道你才是最聪明最棒的，小诺，加油哦！"晨阳才不管她是不是妒忌他，自己的妹妹渴望进步，他总是高兴的。

晨诺没有想到他会是这样的反应，一时间她小小的脑袋有些转不过来，也许她还得重新思考他的位置，或许她自己都还不知道，他对她的好远比她想象的要多得多。

第七章 萧老师

一个人有了危机感，自然就不好再偷懒了。自从萧晨阳拿着奖状回家之后，萧晨诺对于学习的态度就变了，以前都是妈妈督促她学习，没有妈妈在身边她就敷衍了事，现在她也学会自觉了。

从下午刚放学回家就开始做作业，晨诺已经因为这道可怕的题目反复多遍了，就是不对。要是以前，她早就放下不管了，可是现在不同了，她必须得付出些努力，才能和萧晨阳一样获得大家的肯定。

"小诺，还没做完吗？我能帮你什么吗？"晨阳已经看完了课外读物，见晨诺还没出来，就忍不住过来看看，果不其然，她是真的遇到麻烦了。

"你来得正好，快教教我该怎么做，我想不出别的算法了。"晨诺倒也不跟他客气，她现在一心想的都只是搞定这块磐石。

"我帮你看看，这题是挺考人的！"晨阳仔细地看了一遍题目，是道复合运算的题目，他记得晨诺一般都是这样的题目错得多，也难怪她忙活半天也解不出。

"你看应该这样……"晨阳看懂之后，就开始给晨诺讲解，从第一小题一直到最后的一个小关口，晨诺听得津津有味，如果老师都这样讲课，她也不至于老是出错了。

"你都明白了吗？你以后要多跟着老师的思路走，不然很多东西能记住却不能理解，之后换个方式出现，还是不会做，知道吗？"晨阳还没过完当老师的瘾，题目讲完了还得讲些学习理论。

"知道了。萧老师！"晨诺一边回答，一边把东西收拾好。

"不过说真的，你最近真的很努力，看来你很快就能给爸爸妈妈一个惊喜了。"晨阳若有所思地道。

"有你在，我哪能出头啊，你那么优秀，不过你还是不要太得意了，你别忘了我以前可是年年拿奖状的。"晨诺有些不服输地说。

"我当然知道你有多了不起了，不仅我知道，爸爸妈妈都知道，只是爸爸说要让你自己努力，不能像以前那样惯着你，否则你什么都要依赖别人，怎么能够快点长大呢？"晨阳并非说教上了瘾，只是害怕晨诺误会爸爸妈妈不关心她，为了这个家，他还真是操碎了心。见晨诺撅着嘴不爱听，他赶紧带着她到院子里去散心，学习结束出来走走，对身心健康都是很好的。

虽然晨阳的出现彻底打乱了晨诺原来的生活，但是这一点也不影响他们友好的伙伴关系。他们拉着小手在林荫道上散着步，路过的人们都能感觉到他们的亲密无间。

"你发现没？他们都在看我，因为我身边有个你这样可爱的好妹妹。"晨阳得意地说。

"你说话很像电视里的坏蛋，只有那些坏蛋才老是说些假话来哄人开心，也就是拍马屁。"晨诺不屑地昂着头，她才不吃他这一套呢。

"好了，我也不拍你的马屁了，你能告诉我你有什么厉害的地方吗？好让我夸得实际点嘛。"晨阳还是一副油嘴滑舌的模样。

"我说了你不准笑我，我最厉害的本领是编故事，每次和小伙伴在一起，他们有的唱歌有的跳舞，可是我觉得我歌唱得不算最好，舞跳得也不算最好，所以每次我都给他们讲故事，以前妈妈给我讲的那些故事他们都听过了，所以我就自己编好了故事讲给他们听，每次都能让他们听得很开心。"晨诺一边说话，一边踢着路边的小石头，完全没有注意到晨阳的惊讶。

"你每次都自己编故事讲给小朋友听？而且他们都觉得很好听？我的天才好妹妹，你快给我讲个故事听听！"晨阳最害怕的就是作文，根本就不知道该写些什么，要是他能编故事，那也就不用愁了，问题是他根本就没那天赋。

"你想听什么样的？"晨诺胸有成竹地问道。

"嗯，我想想，我们老师布置了一个作文题，以奉献为中心写一篇作文，你能给我讲一个这方面的故事吗？"晨阳话说到一半就有些不好意思了，要知道晨诺还只是个三年级的孩子，要她讲六年级的作文，未免有些欺负人。谁知道，晨诺只是沉默了一会儿就讲开了。

"在这个世界上，不只是人才有思想的，所有的东西都有思想，动物、植物都有自己的思想。我们要讲的是一片树叶，它生长在一棵很普通的大树上，这棵大树在学校里，所以这片小叶子每天都能听见孩子们读书，听的书多了，知识也就丰富了。有一天，它听见老师在跟孩子们说：做人要以奉献为本，不能只想着获取，这样的人生才有意义。小叶子觉得这句话很有道理，心里就不自觉地琢磨起来，它只是一片叶子，它能为别人奉献些什么呢？想来想去，也没有一点眉目，只好问住在这棵树上的一只小麻雀。

"'麻雀哥哥，你觉得我能为别人奉献些什么呀？'小麻雀想了想，回答道：'你呀，你可以和你的小伙伴一起给我挡住风雨啊，你看，那些孩子们还可以在你们的庇护下乘凉呢！'小叶子低头一看，果然看见很多孩子在树下游戏、休息。

"'我找到我的奉献了！谢谢你，麻雀哥哥。'就在小叶子向小麻雀道谢的时候，树干说话了：'孩子，你的奉献还不止这一点呢！你们每天努力工作，利用光合作用给我创造了那么多营养，要不是你们，我怎么能长成参天大树呢！'

"'呵呵，原来我是这么伟大啊！'听了它们的话，小叶子高兴极了，每一天的工作也更加勤奋，仅一个夏天，大树就又粗壮了好多。

"秋天到了，小叶子已经衰老、枯黄，当它伤心地离开大树飘向空中的时候，大地对它说：'来吧，孩子！和我一起成为土壤，孕育新的生命吧！'小叶子开心地笑了，就算到了生命的尽头，它依旧是一片可以奉献的伟大叶子。"

"讲完了？"晨阳意犹未尽地问。

"嗯，我知道对你来说很没劲，但是我暂时只能想出这样的故事。"晨诺谦虚地回答。

"你讲得好极了！说不准将来你能成为一个伟大的童话作家呢！到那时，我就有个天才作家妹妹！没想到，你居然能想到这么有哲理的故事，你脑袋这么小，怎么会装着这么多东西？"萧晨阳看过的美丽童话多了，但是随口就能说出这样的故事来，而且还是一个八九岁的小女孩，他太吃惊了。

"真的吗？那你知道该怎么写你的作文了吗？"晨诺对自己的故事倒不是很满意，以前都是想到什么就讲什么，而现在是有限制的，她讲起来就要逊色很多了。

"我就写这个故事好了，你不会怪我抄袭吧？"晨阳笃定她不会介意，对她的宠爱无形中又增加了几分。

她其实不是特别聪明，只是喜欢去幻想一些美好的东西，包括很多她也不清楚的事情。

第八章 以你为荣

一般来说，一个人付出了多少努力，就可以得到多少收获。萧晨诺在努力了大半年之后，也毫不意外地进步了，不仅学习成绩比之前更加优异，也再不用萧晨阳保护，勇敢加优秀使得晨诺在学校的地位快速攀升。

在晨诺快速成长的时候，一年一度的儿童节如约而至。一大早，她就爬起来，在衣橱里寻找漂亮的衣服，那些衣服都是曾经她最喜欢的，可是却没有找到一件特别合适今天穿的。今天同学们一定都穿得特别漂亮，她自然也希望能让人眼前一亮，妈妈每年为她准备的衣服都达到了这样的效果，只是现在穿起来都有些不合身了，哎，有时候长太快了也不是个好事情。

"小诺，起这么早啊？怎么把衣服都拿出来了？"晨阳刚睁开眼睛，就听见晨诺房间里传来稀里哗啦的声音，还以为她出了什么事，赶紧过来看看。

"我想找件衣服穿，你的衣服准备好了吗？"晨诺一边跟他说话一边继续拿着一件一件的衣服在镜子前比画。

"这些衣服都很漂亮啊，你随便穿哪件还不都一样啊？"

"今天是六一，当然要和平时不一样啊，以前妈妈都会给我准备好的。唉。"一说起妈妈，晨诺就少不了要唉声叹气，她一叹气，晨阳又不由自主地紧张起来。

就在他们正为衣服的问题发愁的时候，王银拿着两个盒子进来了。

"你们是想找件最漂亮的衣服吗？先看我和爸爸给你们准备的礼物吧！"

王银把两个盒子分别送到他们手上。

晨诺接过包装精美的盒子，观察了好一阵才半信半疑地打开。

"哇，我上次逛商场看中的那件耶！"晨诺兴奋地叫了起来，上回和他们一起出去，她就看中了这条裙子，只是碍于某些因素，她没有对他们说，没想到现在王银却把它当成礼物送到了她手上。毕竟只是个孩子，能得到自己想要的东西，想让她不兴奋都不行。

"我早就知道你喜欢这条裙子，留到现在才拿出来，就是想给你个惊喜。快穿上让我们看看。"王银见她高兴，也跟着乐。

晨诺拿着新裙子就钻进了衣帽间，很快就换好来到大家面前，王银和晨阳赶紧过来帮她整理裙摆。

"怎么样，好看吗？"晨诺有些不确定地问。

"好看极了，我们小诺穿什么都好看。"王银和晨阳异口同声地道。

"拍马屁！"晨诺一边噘嘴表示不屑，心里却受用得很，脸上也早乐开了花。

"晨阳你也快些去换好衣服，吃了早餐就得去学校了，这么重要的节日也迟到，那可有点说不过去。"王银交代一声，便出去张罗他们的早餐了。

"嗯。"晨阳应了声，恋恋不舍地走了。

等大家都走了，晨诺才跑到镜子面前仔细打量，一看才发现自己居然还顶着个鸡窝头，这能好看到哪里去啊？晨阳他们都是坏蛋，就这样还说好看！晨诺的兴奋立即消失得无影无踪，找来梳子就在头上扒拉，可是弄了半天也不知道怎么梳才和这衣服搭配。最后无能为力了，就一屁股坐在床上想当初，要是妈妈还在，肯定会帮她梳个漂亮的发型……

"小诺，我找了些发卡来，看看能不能给你做个漂亮点的发型。"王银拿了大把的头饰来到她面前。

"你刚才出去是给我买头饰了？我还以为你在给晨阳做早餐……"晨诺有些不好意思地说。

"他是男孩子，没那么多讲究，女孩子就要打扮得漂漂亮亮的，以前你头发短，不需要怎么打理，现在长长了，以后就让我帮你梳得美美的吧。"王银让晨诺坐到镜子前，自己站在她后面，小心而又十分仔细地帮她梳着头。

晨诺把眼睛闭上，安静地享受着这种久违的感觉，以前虽然她始终留着

短发，但是妈妈总会在她头顶梳上两个小辫儿，或者扎两个小丸子，自从妈妈走后，她每天只是随便将头发梳顺就出门了。

"怎么样？喜欢吗？"王银轻声打断晨诺的回忆。

"嗯。谢谢。"晨诺对着镜子仔细打量着自己的造型，或许是因为头发长了些，似乎比妈妈梳得还好看，一直到晨阳在外面叫她，才回过神。

"小诺，你好了吗？快出来吃早餐，我们快要迟到了！"

"来了。"晨诺赶紧跑出去，匆匆忙忙地吃了点东西，就跟着晨阳慌忙往学校赶。等他们到学校的时候，其他的同学都已经到得差不多了，也难怪，一年就一个儿童节嘛！

和以前一样，一开始是各位领导和代表讲话，这一次的学生代表则让晨阳吃了一惊，因为站在前面振振有词的正是他那个可爱的妹妹 —— 萧晨诺。想起她在一年前还是个少不更事的小淘气，现在一转眼就成为学生代表了，看来他的妹妹也长大了。等表彰大会进行得差不多了，就是专为庆祝六一的文艺表演，而且都是本校的孩子们自己表演，也正因如此，家长和同学才会看得更加来劲。其中有一个叫《金孔雀》的舞蹈获得了全场最热烈的掌声，领舞活脱脱就像只飞舞的孔雀，轻盈、婀娜，那便是萧晨诺。

这已经是她第三次让萧晨阳吃惊了，就在短短的一天，她就获得了无数次全场欢呼。一直到整个庆典结束，大家的焦点都没有离开过她，就连她在一边休息时，也有人围过去打听一些无关紧要的问题。

"我今天的表现还好吧？"庆典结束时，晨诺这样问她的家人。

"不是还好，是好极了，我们都以你为荣。"萧晨阳代表性的回答，没有一点妒忌或者不屑，完全发自内心。

看着爸爸、晨阳以及王银那赞许的笑容，晨诺也笑了。她这一年的努力，为的就是能够得到爸爸和晨阳的认可，现在她得到了，而且萧晨阳的赞扬还那么的真诚。

第九章 伤离别

　　日子在无形中延续，一转眼，萧晨诺已经是六年级的学生了，她人生中的最后一个儿童节，给她带来了最辉煌的一项荣誉：萧晨诺成为晨城最受瞩目的"市三好学生"。萧晨阳虽然已经初三了，却还和她一个学校，他们的学校不仅有初中部，还有高中部，如果不出意外，他可以和晨诺一起读到他上大学。此刻，他就在台下看着她领奖，脸上满满的都是骄傲，听着她发表感言时，他几乎都落泪了，她做到了：昨天学校是我的骄傲，今天我是学校的骄傲！

　　晨诺也很高兴，她知道自己被很多人羡慕着，也被一些无关紧要的人妒忌着，可是，她的内心深处还是有些许失落。她这般耀眼，妈妈却没有看见，甚至今天爸爸和王银也没有来。除了失落，心里还隐隐感到些不安。过去几年爸爸和王银从来不曾缺席过她的重要日子，也不知道今天是被什么事情给绊住了。

　　妈妈不告而别已经四年了，这四年，都不曾回来看她一次，甚至，连个电话都没有。她都已经记不清妈妈的样子了，可是她还是坚持不肯叫王银妈妈，因为她要时刻提醒自己千万不能忘了自己的妈妈，不管她还会不会回来，晨诺都相信她对自己的爱是真真实实存在的。如果现在，妈妈也能在台下看着她拿奖该多好，她一定不会惊讶她的女儿如此耀眼，因为这一定也是她所期待的。

庆典结束，晨诺还和往常一样，跟着萧晨阳回家，不过刚走到校门口就被一个哽咽的声音叫住了。

"小诺。"这个声音她熟悉得不能再熟悉，循声望去，正是王银。

此刻王银正用噙满泪水的眼睛望着他们，几度哽咽，却说不出话来。嗫嚅半天，才红着眼眶说了句："上车。"

晨诺和晨阳都不曾见过王银这般失态，印象中哪怕遇到再大的困难，也没见她红过眼眶，即使是曾经在边陲日子过得艰难，她也始终保持着温柔而得体的笑容。

晨阳看妈妈这般模样，也不敢多问，拉着愣怔的晨诺就坐上了车。也不知道是王银平日里开得少，还是这会儿情绪不太对，车子一路上急起急停，摇摇晃晃，让本就紧张的晨诺内心更加慌乱，却又不知道该怎么开口。

"妈妈，怎么了？我们去哪里？"晨阳到底是大些，虽然内心也十分不安，还是强制冷静着问道。

"你们爸爸进医院了，我带你们去医院看看他。"王银话没说完，眼泪就糊了一脸，胡乱抹了一把，才勉强能看清前面的路，却没办法再假装平静了。

"爸爸怎么了？为什么要进医院？发生什么事了？"一听爸爸住院，晨诺本就担心不已，再看王银抑制不住地哭泣，只感觉整个人如坠冰窟。妈妈不见了，如果爸爸也出了什么事，她该怎么办？

被晨诺这么一问，王银的眼泪再度流了下来，眼睛直勾勾地盯着前方，努力让车子保持平稳行驶，却再没有余力来安抚她的情绪。

"小诺，你别着急，很快就到医院了，到时候你自己去问爸爸就好了。"晨阳看着晨诺着急的样子，又见妈妈难以自持的悲伤，心里也慌得不行，却还是强迫自己镇定下来，轻声安抚着晨诺。

晨阳的话很有用，晨诺虽然还是很担心，总归还是安静了下来。一直到了医院，隔着玻璃窗远远看见爸爸被人盖上了被单，毫无生气地躺在床上，她才终于崩溃，一遍又一遍地质问王银："我爸爸到底怎么了？""你到底把我爸爸怎么了？"

"对不起，我不知道他会摔下去。我真的不是故意的。早上你和晨阳出了门，我想换件衣服再去学校，谁知道晾衣杆居然掉下来了，你爸爸搭了凳子想帮我把晾衣杆装上去，谁知道……谁知道，那塑料凳子竟然坏了，他身子不稳，就，就直接栽到了阳台外面……"面对晨诺的歇斯底里，王银终于抽泣着断断续续地讲述起事情的经过，只是说到萧之远跌下阳台，就泣不成声，再也说不出话来。

晨诺听到这里只感觉浑身发冷，全身的力气都像被人抽干了。他们家住13楼，因着晨城治安好也没有装防盗网，从阳台跌下去就是小区的水泥地。晨诺只感觉全世界都抛弃了她，顺着门框滑到地上，抱着膝盖哭得浑身都在颤抖。

"对不起，小诺，妈妈不是故意的。你冷静一点，爸爸一定会好起来的。"萧晨阳原本因为爸爸出事而担心难过，一听事情还是因妈妈而起，又担心晨诺会更讨厌妈妈，下意识地就出声维护。

"哈哈哈，还是因为那不是你爸爸，所以你才能这么冷静？你看不见他们都把爸爸盖起来了吗？我爸爸死了！你们抢走了他！现在还把他害死了！"晨诺曾见过奶奶的最后一面，当时就是这样用白布盖着，安安静静地躺在床上。她很清楚，爸爸再也好不起来了。

萧晨阳也还只是个半大孩子，虽然小时候过得艰苦些，却没有见过生离死别。被晨诺这么一说，才明白过来，震惊得忘记了该做何反应，木然地转头看向妈妈，才发现妈妈早就捂着脸，哭得难以自持。

"爸，爸爸！你没事的对吧？我好不容易才找到你，你可不可以不要这样说走就走？为什么会这样啊！"晨阳十几年的乖巧懂事，都化作满腔的悲伤和哭诉，他等了那么久才有了父亲，没承想这么快就又面临一场更加痛苦的诀别。

"你凭什么难过？你们害死我了爸爸，难道你们不是应该哈哈大笑吗？现在我什么都没有了！你应该高兴才对呀！我恨死你们了！"听着晨阳的哭诉，晨诺的眼泪再次决堤。从一开始，她就不应该让他们来到自己家里，如果不是他们，或许妈妈就不会离开她，而爸爸更不可能会死。

"对不起！"晨阳和王银都在一遍遍地跟她道歉，虽然他们也很悲痛，可晨诺确确实实才是最可怜的。何况，萧之远的死确实与王银有些关系。

萧晨诺不想听他们道歉，也不想面对父亲的逝去，太沉重了，压得她喘

不过气来，她只想赶紧逃离。

"小诺！小诺！对不起！妈妈爱你！妈妈会永远爱你的！"晨诺已经跑远，隐约还听见王银在她身后呼喊。她甚至不敢回头去看一眼王银，她害怕自己一回头，就会不顾一切冲上去，就算心里知道爸爸的死只是意外，可她不杀伯仁，伯仁却因她而亡。

萧晨阳眼睁睁看着晨诺伤心欲绝，却只能远远地看着，在被丧父之痛折磨的同时，还要被深深的愧疚折磨。直到看见晨诺跑远，他才飞快地追上去。

"小诺，你等等我！"

"小诺，你别哭好吗？我们都很爱你。"16岁的萧晨阳，已经是一个漂亮而温柔的少年，用尽他所有的冷静与温情，只为了让她不再哭泣。

"爱我？你们凭什么来爱我啊？我没有妈妈，也没有爸爸了！不管在哪里，我都只是一个多余的人，一个随便都可以抛弃的人！"她哭得更厉害了，她所依赖的、她所希望的，全都没了，她甚至不知道该把自己放在哪里。

"你是我妹妹啊！你忘记了吗？我是你的哥哥！哥哥会永远照顾你的。"萧晨阳死死地抱住她，不再让她继续乱跑。

晨诺挣扎着哭闹了好一阵，最终脱力地依偎在晨阳怀里，渐渐平静了下来。王银很快追上他们，把他们送回了家，叮嘱晨阳照顾妹妹，又匆匆离开去处理后事。

萧晨诺的印象里她家没有什么来往的亲戚，爷爷奶奶在她小时候就去世了，爸爸也没有兄弟姐妹，而王银本就不是晨城的人，平日里往来的也无非就是邻居和一些同事。这会儿王银一走，整个屋子突然就变得寂静而清冷起来，明明还不曾入冬，竟让她如坠冰窟，浑身都冷得战栗。

"小诺，别怕，你还有哥哥，我会永远爱你的。"看着她像只被人遗弃的小兽，萧晨阳的心里别提有多疼了，强迫自己从失去父亲的悲伤中冷静下来，小心翼翼地靠过去，轻轻把她搂进自己怀里。16岁少年的肩膀，虽然还不是很宽阔，却也足够让晨诺感到温暖。

"哥哥会爱我多久？"沉默许久后，晨诺忽然问道。她没有爸爸了，也不道妈妈什么时候回来，生平第一次担心哥哥也会离开。哥哥从来都不是妹妹专属的，那又是什么人永远的专属呢？

"你想要多久都可以。"晨阳说得很坚定，也说得很轻巧，完全不知道有时候这样的话，也是一种承诺。

"真的吗？哥哥就永远不会再爱别人了吗？永远都只属于我一个人？就连嫂子，也不会有？"晨诺的话里明显带有很强的占有欲，也不知道是晨阳没听出来，还是他就只是想哄哄她，他对于她的每一个问题都给予了最肯定的回答。

"是的！永远只属于你一个人，再不会有别人了。"

"那我可不可以不当你的妹妹？我要当你的新娘！"晨诺坚定地说，晨阳被她的话惊得僵了半晌，好一会儿才清醒过来。

"小诺，别胡思乱想好吗？我是你的哥哥，妹妹是不能做哥哥的新娘的。"他一边说着，一边将她搂得更紧，只当她是因为失去爸爸太过悲痛，希望以此给予她一点安慰。

"你不是我的哥哥，我也不要做你的妹妹，死都不要！"晨诺说得很坚定，一双哭红的眼睛更加让人心痛。晨阳只感觉自己的怀里突然袭来一阵凉意，才发现晨诺已经完全脱离了他的怀抱，飞快地跑回房间，只留下一个倔强的背影。

这一次，萧晨阳没有马上追上去，他突然发现，他的小妹妹已经长大了，大到再不能随意宠溺了。看着她伤心，让他痛得几乎不能呼吸，却又不得不站在原地，任由她悲伤地远去。

第十章 绝望的等待

　　萧晨诺的小学生活，在光辉而又悲哀的庆典之后结束了。爸爸的葬礼办得简单而顺利，整个过程，她几乎都没有再掉一滴眼泪，像个提线木偶一般，听着大人们的指挥，做着各种事情。自始至终，她都没有见到自己的妈妈，也没有听见别人提起，仿佛那个人原本就不曾在她生命中出现过，对于妈妈的思念与期待，也由此变成了麻木与绝望。

　　等一切尘埃落定，晨诺依旧和晨阳、王银一起住在原来的房子里。只是晨诺依旧不肯叫萧晨阳哥哥，也不肯叫王银妈妈，不管晨阳是不是爸爸的孩子，现在这两个人都跟她没有什么关系了。她知道妈妈的离开以及爸爸的死都不能怪他们，对于他们也早已没有任何成见。也许上帝真的忘记眷顾她了，她亲爱的妈妈不告而别，她最爱的爸爸又离开了她。13 岁，一个原本应该如花蕾般含苞待放的年龄，就这样不得不承受越出年龄的悲哀。

　　再开学的时候，萧晨阳到高中部去了，虽然还和晨诺同校，却很少能一起上下学了，高中是一个注定要为了大学而拼命的阶段。王银已经说了好多次要他住校，可是他还是坚持走读，不为别的，只为了能每天看晨诺一眼。尽管有的时候，他回家时，她已经睡觉了。就像她曾经问过他的，哥哥的爱能有多久，他也很想问妹妹的爱能有多久，妹妹是注定要嫁人的，终有一天她会离开他，走得很远很远，不论他有多舍不得，到那时他唯一能给的爱就是 —— 放手。

晨诺原本以为晨阳进了高中部就再也见不着了，所以每次放学回家都是做完了功课就直接睡觉，连平时喜爱的电视节目也不看了，她怕没有他在身边，自己会觉得寂寞。当她发现他并没有住校的时候，小区门口那棵大大的梧桐树下就多了一个守候的身影。

在室内狭窄的视野里，她觉得寂寞，在这梧桐树下空旷的视野里，她觉得更寂寞，明明不用等他自己回来就好，明明回来了也不是为她而来，可是她就是会傻傻地等着。日子一久，梧桐树下的那些落叶都被她踩成了泥土，而树干则早就萧索得赤裸裸，这样直接看着天空的星斗，又让她的等待变得更加寂寞。那些星星都成群结队的，晚上一起升起，早上一起隐去，没有谁会落单，也没有谁会寂寞，只有她痴傻而又执着地坚守寂寞的堡垒。

冬天的风渐渐变得刺骨了，萧晨阳依旧早出晚归，每一次夜归，都能看见晨诺那单薄的身影。他希望看见她等他回家，他也害怕她等他回家，他已经越来越不知道该如何面对她那双日益哀伤的眼睛了，好像他的出现就是上帝专门为她安排的伤害一样。

远远的，晨诺就看见了晨阳的身影，她已经在萧瑟的树下等了两个多小时，还以为他今天不回来了，现在终于看见了他的身影，她怎么能够不高兴？

"晨阳，你回来了。"她跑过去，欣喜的表情一点也没有隐瞒她等了很久的事实。

"嗯，你为什么不去睡觉？半夜三更的你在这里做什么？"是时候该让她停止这愚蠢的举动了，他用自己最严厉的口吻责问她。

"等你回来啊。"她的回答很小声，颤抖的声音里充满了委屈，他差点就要不忍心了，但是他别无选择。

"我不要你等，我是个大人了，我有自己的生活方式，你不能要求我永远像小时候那样整天都围着你转吧？我只是你的哥哥，不是你的爸爸！"他的话就像最锋利的刀刃，伤着晨诺也伤着他自己。他想狠抽自己几个耳光，但是脸上却一直是不耐烦和冷若冰霜。

"对不起，我……"她没有理由可以辩驳，她跟自己说过，不管他需不需要她，都不能伤心，可是眼泪还是很不合作地掉下来了。

晨阳最害怕看见她掉眼泪，可是，他却不得不让那眼泪流得更放肆些。

"你总是哭，从我见你的第一天你就一直在哭，让我总以为自己欠了你几百个亿，几生几世也还不完，你可不可以不要这么烦人啊？我好不容易才能回来休息一下，你能不能别让我把时间都浪费在你身上？"他的声音依旧冰冷，手却颤抖个不停，他想冲上前去抱住她，风那么大，她一定很冷。想像曾经那样，安慰她，让她不要害怕，不要哭，手已经伸到一半，最后却抱住了他自己的头，做出头痛欲裂的样子。

"对不起。"她还是没找到为自己辩驳的理由，她只有他了，如果他也不理她，那她该何去何从？

"你干吗要说对不起？是我们对不起你！不过那都是以前的事了，这几年我们处处迁就你，也该还完了，求求你放过我好不好？"他能听见有东西碎裂的声音，那是她的心，或者是他的心。

"你对我的好，都只是为了还那些所谓的'对不起'吗？"她颤抖地问。

"是，不然还能是什么？你以为我会愿意要一个天天就知道哭鼻子的妹妹？要不是看你小小年纪就没有爸爸妈妈，实在可怜，我早就离你远远的了。"他已经不清楚自己是否还能思考了，只是尽量让自己显得更加残酷一些。

"我知道了。对不起，真的很抱歉，我以后再也不给你添麻烦了。"晨诺脑子忽然清楚了，抬头望向天空，她终于看见有颗星星落了单。

晨阳没有勇气听完她后面的话就快速跑回了屋，连回头的勇气也没有，他也不知道自己怎么了，明明曾经是那么希望晨诺能够依赖他，可现在晨诺比任何时候都依赖他了，他却总觉得她这样不对劲。谁说的人无心不能活？他没有心了，可他还活着，至少心还在痛着。

晨诺自己在梧桐树下又待了好久，就像晨阳还没出现之前那样，时不时往前方眺望，期待着他的出现，她想要证明刚才的一切都只是幻觉，到最后她却越来越看不清前方的路。一直到王银出来叫她，她才回了神。

"小诺，晨阳已经回来了，你没看见吗？你们是不是错过了？"王银一如平常的温柔。

晨诺喜欢王银的说法，他们一定是错过了，她今晚并没有等到萧晨阳，刚才的一切都只是她的幻觉而已。跟着王银回到家，看见正在洗漱的萧晨阳，她却无法平静地走过去跟他打个招呼。

她在出去前就已经洗漱过了，不用做任何事，也不用思考任何问题，直接跑进房间蒙头大睡。

第十一章 天使和恶魔

原本萧晨阳以为，只要自己做得冷酷一点，就可以让晨诺有个正常的思想和生活，可是当他那夜把话说得那么决绝之后，晨诺居然一点反应也没有，还是和之前一样，等他回家。只是每一次都只是打声招呼，微笑着说一声："你回来了。"便回头进屋。她应该恨他的，可是他却怎么也看不出来，每一次见面她都会露出那种开心的笑容，仿佛那天他对她说的那些伤害的话，她都完全不曾听见过。

"小诺，你还好吗？"他曾经这样问过，她的回答很简单："你看我像不好的样子吗？"然后就乖巧地不再打扰他，仿佛只要他回来了，就好了。

晨诺发现晨阳最近回来得更晚了，也不知道是不是因为学习太紧张了，可是看起来又不像，他的表情看起来没有那种忙碌，反而有一种甜蜜的感觉，他在做什么？这个问题一直困绕着她，一直到周末晨阳主动邀她一起回去，她才终于明白到底是怎么一回事。

"小诺，这是我的同桌，你看漂亮吗？"晨阳大方地把薛瑶介绍给晨诺，脸上还洋溢着幸福以及得意的表情。薛瑶是他的同桌，从高一开始一直都是，也是从高一开始他们成了无话不谈的好朋友。

晨诺静静地看了薛瑶好一会儿才开口说话，"当然漂亮了，谁要是说她不漂亮，谁就是瞎！"她的表情里都是羡慕的憨态，心里却在说"丑死了！"她自己就是瞎，因为她觉得晨阳身边的女生都丑死了！

"小诺，时间还很早，我们去骑单车吧，我还不会，还需要晨阳教教我。"薛瑶跟着晨阳叫她小诺，还一脸友好地期待她能与他们一同去游玩。

她没有拒绝，她怎么能拒绝呢？那是他的好朋友对她的第一次邀约啊！"好啊，我也还不会呢。"她住得离学校那么近，也实在犯不着骑车，只是那个薛瑶，听说是因为她家很有钱，上学都有汽车接送，根本用不着骑车。

"其实我用不着学的，只是觉得自己连骑单车都不会也怪丢人的，所以就只好麻烦你们了。"薛瑶继续对晨诺表述缘由。

这对于萧晨诺来说，将是一个非常"难忘"的下午，冷风呼呼地吹着，她被冻得直发抖。记得去年冬天的时候，萧晨阳会将他的外衣披到她的身上，不过今天，他的外套已经披到薛瑶的身上了。薛瑶对于骑单车一点天赋也没有，没一会儿工夫，她和晨阳就已经双双累出了大汗，只有晨诺还站在一旁吹冷风。

"瑶瑶，你要是怕摔就扶住我的肩膀，我会保护你的。"他说得很认真，薛瑶也很乐意照做。

偏偏傍晚的时候还下起了雪，晨阳担心薛瑶会冻到，直接骑车送她回去，让晨诺自己慢慢走回家。一直到他们完全从她的视野里消失不见，他也没有回过一次头。晨诺很听话地在路上慢慢地走着，可谓已经慢到了极点，原本只要一二十分钟的路程，她走了个把小时还没走完。也许是风太猛烈了，她前进的阻力太大；也许是雪太大了，她看不清楚方向，只能小心翼翼地摸索。

晨诺第一次发现晨城的雪居然可以下得这么大，大到足以完全模糊她的视线。她记得晨城的冬天没这么早到的，记得去年的这个时候，她还时常和晨阳跑去江边玩，就算江边的冷空气再强也没觉得冷。然而，现在实在是太冷了，晨诺感觉自己的关节都开始痛了，连午饭都没吃的肚子里也充满了冷空气，骨髓似乎都结成了冰块，她试图把手放进裤兜里，却发现里面也是一样的冷，脸上有被撕裂的痛感在延续。她想找个可以避风的地方，可惜天已经黑了，加上风雪，店铺的门都关了，何况，她也不知道有谁会收留她。

她不知道自己到底走了多久，更不知道自己走到什么地方去了，四周都是雪白的一片，没有一点她熟悉的景物，确切地说，她迷路了。这雪洁白了整个世界，也洗去了晨诺眼前的黑暗，至少，她可以看得见自己那狼狈的身

体了。她看见自己的身体正在向那大片的雪白靠近，最后看见雪的光亮消失了，有一个可怕的恶魔把她拉进了无边的黑暗中……

萧晨阳把薛瑶送回家之后就直接回了家。按道理来讲，薛瑶离得远，他一去一回用了差不多一个小时，晨诺早该回去了，可是当他回去的时候，她还没到家，他原想她肯定是躲到什么地方生气去了，等气消了，就会回来的，所以也不着急，还跟王银谎称她到同学家补习去了。可是天明明已经黑了，外面风雪那么大，她穿得又那么少，怎么还不回来？不会出什么事情吧！萧晨阳的心脏漏跳了半拍，再也顾不了那么多，开始一路寻找。

他一边走，一边寻找她的踪迹，可是路上一个行人也没有，一直寻到他们分开的地方也没有见到她的人，雪下得实在太大了，连一点痕迹都找不到。晨诺失踪了！雪还在疯狂地下，街边的景物越来越模糊，除了雪本身发出的白光，就只有路灯昏黄的光，萧晨阳身上也积了厚厚的一层雪，手脚都冰凉了，如果晨诺还没有找到避寒的地方，那么她该被冻僵了！

晨阳开始祈求上天，不要再下雪了，祈求晨诺快点出现在他面前！只要她没事，他愿意让她依赖一辈子，对她好一辈子，他发誓不会再伤害她。

晨诺觉得自己好像做了一个梦，梦里全是萧晨阳，一会儿是个守护她的天使，一会儿又变成可怕的恶魔，要将她撕碎。她浑身都没有一点力气，动弹不得，最后，好不容易才睁开了眼睛。世界，还是雪代言的冰冷和纯白，她原来就躺在雪地里做了这么一串可怕的梦，头发都冻住了，四肢也僵硬了。她不知道自己从哪里来的力气，所有的感觉都消失了，只有一个念头：回家。

晨诺也不知道自己走了多久，终于看见了小区熟悉的门卫大叔，善良的大叔见她状态不对，一直将她护送到家才返回岗亭。

晨诺没有理会王银的担心，随便敷衍几句，就直接回房睡觉了，仿佛什么事情都没有发生过。

萧晨阳找了几圈，始终没有找到晨诺，最后只好回家，雪很大，连个脚印也没让他留下。王银还想从他嘴里问明情况，而他却直接去了晨诺的房间。这时他才发现，晨诺的房门已经插上了保险，再不能像从前那样想进就进了。

第十二章 生死攸关

　　晨诺这一睡就睡了一个星期，一直从家里睡到了医院。若不是王银用钥匙强行把她的房门给打开，她只怕能睡到另一个世界去。入院时医生的诊断是肺炎，只是不知道她怎么会等到高烧 40℃，人也昏迷很长时间了，才送来医院，这孩子能活下来也算她命大了。

　　晨诺什么感觉都没有，浑身上下没有一根神经听从自己的使唤，每一次勉强睁开眼，身边的景象也模糊得厉害，什么都看不清楚，就连一直在她旁边的王银也看不见，只是能隐约听见她在叫她的名字。这是医生安排的，据说这样可以将病人的意识从昏迷状态唤回来，只要能答应，她就能醒过来。王银一直拉着晨诺的手，看见她有一点点动静就不停地叫她的名字，她不知道晨诺这是怎么了，为什么好好的突然就人事不知了，好在医生说她已经从昏迷状态转入了睡眠状态，死不了，不然她都不知道该如何给萧之远交代了。

　　"妈，小诺醒了吗？"萧晨阳打了饭回来，见晨诺还是一动不动地躺在那里。

　　"只是抬了抬眼皮就又睡了，医生说这样的状态已经很好了。"王银一边接过萧晨阳递来的饭，一边解释着。忽然像是想起什么似的，转头问萧晨阳："你是不是该给我个解释了？"

　　王银从没怀疑过萧晨阳，在她的眼中，晨阳是个十分懂事也十分善良的孩子，这些天她一直强忍着没问，也是希望保护晨阳的自尊心。可是她知道，晨诺的突然病倒绝对跟他有关。虽然晨诺不肯叫她妈妈，可是每天早出晚

归都会跟她打个招呼。

那天中午，晨诺给她发信息说："我和晨阳出去玩一会儿，很快就回来。"而傍晚，晨阳自己回来了，却说晨诺是去同学家补习，晨诺虽然有些倔强，但是她一向光明磊落，敢作敢当。

"对不起，妈妈！"晨阳突然给王银跪下了，"是我不好，我不该把她一个人丢在外面。"晨阳这些天没有想过要逃避，就算王银不问，他自己也会说的，如果晨诺真有个好歹，他是绝对不会原谅自己的。

"你们那天去了哪里？到底发生了什么事情？晨诺做错了什么事，让你把她一个人扔在冰天雪地里？"王银的牙齿都颤抖了，她宁愿听见晨阳说只是跟晨诺走散了，或者晨诺太任性自己走丢了，也不想听到自己最信任的儿子掷地有声地说出：是他把自己的妹妹丢在了外面，而且还以欺骗的方式耽误了家人去寻找，最后导致晨诺险些丧命。这样太残忍，她不相信自己的儿子会对妹妹如此残忍。

"对不起，妈妈，我们那天出去玩，除了我和晨诺，还有我的一个女同学，后来起风了，我就先把她送了回去，让小诺自己回家，没想到等我回了家，她还没回来，我怕你担心，所以就撒谎说她去补习了，以为只要再等等她就会回来。可是我怎么等也不见她回来，我才沿着回来的路一直找，可是怎么也找不到……我也不知道她到底发生什么事情了，为什么那么晚才回来，为什么回来就突然病倒了。对不起，我该死，你打死我吧！我愿意为小诺偿命！"

"偿命？偿什么命？你妹妹还没死呢！放心，医生说她没大碍了。你怎么可以为了一个女同学就把她独自丢在外面，那么大的风雪，她的身体本来就单薄，她一个人外面，能不生病吗？你这样怎么对得起你死去的爸爸？她才13岁啊！你难道就没想过这样会害死她吗？"王银气极了，压抑了好几天的愤怒一下子都宣泄出来，完全不管自己的话是不是太重了，满脑子都是萧之远临死前嗫嚅着叫小诺的样子。他就是放心不下小诺，不承想，她到底是辜负他的嘱托了。

"对不起。"萧晨阳没有什么好辩解的，他此刻比王银还要心痛，那是他曾发誓要好好保护的人，现在自己却害得她生病了。

"你口口声声说会好好保护妹妹，结果却说一套做一套，我没有这么两面三刀的儿子！"王银越说越气，与其说是生晨阳的气，还不如说是生自己的气，只恨自己没有替她生病。

"你们不要吵了，这里是医院，病人需要多休息，你们再这样吵闹就请立即离开。"

"对不起，护士小姐。"王银抹了抹眼泪，勉强对护士挤出一个抱歉的笑容。护士也懒得管人家的家务事，便径自走开，留下萧晨阳和母亲继续对峙。

"妈，我知道错了，我以后一定会好好照顾小诺，再不会让这样的事情发生。"晨阳信誓旦旦地说着，却没有换回王银对他的信任。

"我知道你长大了，有你的心事了，你也不用特别照顾她，从明天开始，你就去住校吧。经历过这样的事情，有些隔阂也难免，少接触反而少些矛盾。"王银已经平静下来了。

"妈，我一直都把晨诺看得比自己更重要！妈，我不会再犯同样的错误，请你相信我！"17岁的萧晨阳，终于忍不住掉下了眼泪，一个快要成年的小男子汉，第一次哭得那么无助。

"我已经决定了，就这么办吧！这也是为了你好！你也该好好为高考准备一下了。"王银叹了口气，语重心长地说。原本她还以为晨诺和晨阳比同胞兄妹感情还要好，却没想到晨阳险些令晨诺命丧黄泉。

王银是个温柔的母亲，却也有她的倔强，一旦决定的事情，是改变不了的。

萧晨阳看着床上熟睡的晨诺，有很多次，她也是这样在他的怀里睡着的，只是现在的她，已经不会再允许他靠近了。或许，就这样远离她，让她更好地成长，才是最好的选择。

第十三章 梦醒十分

萧晨诺也不知道自己睡了多久，一直到她觉得自己睡够了，才睁开眼睛，第一眼看见的就是王银那张憔悴的脸。想不到自己只是睡了一觉，她就老了这么多。

"王姨，你怎么了？看起来好憔悴的样子。"她虚弱地问。

"小诺？你终于肯醒过来了！"王银自从看见她眨过一次眼皮，就再没见她动过，以为她会像睡美人一样继续睡下去，没想到她居然开口说话了。

"我睡了很久吗？我是不是迟到了？老师有没有打电话来家里啊？对不起，我睡过头了。"晨诺努力地回忆自己睡觉之前的事情，小声地向王银解释，一副赖床过后害怕被责骂的胆怯模样，全然不知她已经迷迷糊糊昏睡了好几天。

"你确实是睡过头了，不过醒过来就好了，我去叫医生过来看看你现在的状态。"王银的激动在确定晨诺清醒之后，慢慢冷静下来，伸手按了呼叫铃。很快一个医生领着两个漂亮的护士就来到了她们面前。

"我怎么进医院了？难怪觉得床头灯太亮了！"晨诺一边揉眼睛，一边瞅眼前的景象：是在医院没错，只是五官和身体似乎都像是脱离了自己的控制。

"你不要用力揉眼睛，你睡太久了，它还适应不了，你看看身体还有没有哪里不舒服。"医生温和地询问道。

晨诺听话地动了动身体，四肢严重僵硬，尤其是膝盖及以下，完全不受控制，一点力都用不上。晨诺集中精力努力试了试，结果还是失败了，最后只好认输，"我觉得我的腿好像不能动了。"

医生若有所思地点点头，然后用手按了按她的小腿，问："什么感觉？"晨诺摇头，医生还是点头；然后他又加大了力道，这回晨诺有感觉了，"你干吗打我？"医生似乎很满意地点了点头。

"还好，情况不是很严重，只是风湿加上长时间不动，导致躯体有些僵硬、麻木了，你下床来试试，看能不能走。"他不急不缓地道。

晨诺本来还想抗议一下，她又不是瘫痪了，干吗要检查是不是能走路？不过在医院就得听医生的，晨诺在王银的帮助下缓慢地下了床。王银刚一松手，她就差点摔倒，那感觉就跟进了外太空似的，还好王银及时扶住了她。一抬头，那医生又在点头。

"什么感觉？"

"我觉得自己好像有点轻飘飘的，不知道能不能飞。"晨诺尽量让自己的话变得比较生动，殊不知才在王银的搀扶下走了几步，额头就已经开始冒出汗珠了。

"看来一切都比较正常，你休息一下，吃点易消化的食物，补充一下体力再继续走走，等行走恢复正常就可以来办出院了。回家以后还要注意调养，不然很容易留下风湿关节炎等后遗症。"那医生说完就一直盯着晨诺，像是在等待她的回答。

"我知道了。"晨诺刚说完，医生就点着头走了。

晨诺按照"点头医生"的指示，没多久就行动自如了，除了觉得膝盖稍微有点疼以外，再没有什么异样。很快，王银就顺利地把晨诺接回了家，虽然太久没有活动，整个人都很虚，但是晨诺还是特别高兴。完全看不出什么悲伤或者愤怒，好像被晨阳丢在外面而且导致大病的人根本就不是她。

"王姨，晨阳什么时候回来？"晨诺回到家的第一句话就是关于萧晨阳，仿佛什么都没发生过，她还是那个黏着哥哥的小女孩儿。

"周末，他住校了，你先说说你怎么会突然就生病了吧。"王银温和地回答，现在不是关心萧晨阳的时候，而应关心晨诺是否还有其他问题，至少应该知道她怎么会病成那样的。

"我在回家的时候迷路了，雪太大，天又太冷，一不小心就在路边睡着了，等醒来再回家就有些晚了，可能是外面太冷，感冒了。"晨诺故意说得轻描淡写，她从一醒来就故意装得很轻松，好像自己只是一不小心生了病，努力地逃避着一些会让自己难过的记忆。

"原来你一个人晕倒在雪地里了，如果雪再大些，天再冷些，你觉得你还能回来吗？你要是有什么事，我怎么跟你爸爸交代？"王银听得满脸怒气，幸亏萧晨阳此刻在学校，不然她肯定会狠狠揍他一顿。

"我没事，只是迷了路。"晨诺说这话的时候，眼泪已经忍不住流下来了，原本她还想装得若无其事，可是偏偏能清晰地看见那个已经变成恶魔的晨阳的脸，她甩甩头，对王银说："我好累，想去睡一会儿。"

也不等王银回答，她就直接冲进了自己的房间，在关门的刹那，一股寒风侵袭过来，差点让她跌倒在地。晨诺扑到床上，用被子把头捂住，然后让那些沉淀了许久的委屈，一股脑儿的全用哭泣发泄出来，一直哭到四肢无力，头脑发昏，很快她就昏睡了过去。

再睁开眼时，晨诺发现自己正依偎在一个熟悉的怀抱里，那是萧晨阳，不用看也能闻出他的味道。他见她醒来，便欣慰地笑了，"小诺，你醒了？听说你出院了，我真的好高兴，就赶紧回来看你。你生病的这些日子，我真的好担心，对不起，我不该留你一个在外面，都是我不好，请不要生气了好吗？"他就和他们初遇时一样温柔体贴，仿佛这些年都不曾改变过。

晨诺看着他一本正经地说话，忽然有一阵眩晕的感觉，猛地睁开眼睛，却看见一张可怕的恶魔的脸。她吓得尖叫起来，用力把他推开，"你走开！恶魔！"她一直用力把他往外推，为了不让她受伤，他也只能一步一步往后退，直到被推出门外，眼睁睁地看着她把门关上。

"小诺！请你把门打开，你听我说好不好？我错了，再也不会把你丢下不管了，你别不理我。"他在门外把自己能想到的所有道歉和保证都说了一遍，可是那扇门始终纹丝不动。晨阳也知道那是晨诺的心门，曾经一直敞开着，现在关上了，就没那么容易再打开了。

萧晨阳一直都以为晨诺就是他的亲妹妹，从第一次见就决定要守护好她，只是不知道为什么随着年龄不断增长，对于她的依赖变得越来越不适应，也就不知不觉地开始回避她。如果不是他害得她大病一场，妈妈也不会告诉他自己根本就不是她的哥哥，他的爸爸和萧之远只是战友，因为同姓，两个人的感情特别要好。后来他们一起出任务的时候，他的爸爸为了保护萧之远牺牲了，那时候他还没有出生。他出生后，萧之远为了报恩就一直跟他们保持联系，还时不时给他们寄钱。虽然妈妈和萧之远在十几年的来往中早已经产生了感情，却从来没有想过要来晨城，一直到晨诺的妈妈决定离开，妈妈才带着他过来，圆了他的爸爸梦。

　　因果循环，以前是晨诺的爸爸总想着报恩，一心想着怎么照顾他们；现在轮到他觉得亏欠，要来报答晨诺了，可惜晨诺似乎已经被他伤透了心，再不打算与他亲近。这一点，萧晨阳早在那天离开的时候就应该想到，可惜他直到现在才明白，实在是太晚了。

第十四章 时光的洗礼

其实萧晨诺并不像萧晨阳以为的那样恨他，虽然到现在为止，她仍旧不敢回想自己在雪地里晕倒前的那种感觉，太无助，太绝望，令她不断地看见那个恶魔，那个和晨阳长得一模一样、把她丢弃在雪夜的恶魔。虽然晨阳承认那就是他自己，但是晨诺还是不信，她的晨阳哥哥不是那样的，他是给过她新生的萧晨阳啊！她感觉晨阳总是在故意回避她，也许她真的令他很困扰，既然他想要和她保持距离，那么她能做的就是不再主动去打扰他。

就这样相安无事地过了几年，到晨诺初中毕业的时候，晨阳高考落榜了，他选择了复读。虽然此时晨诺也已经进入高中部，可是他仍旧刻意在回避着她。晨诺也没有去打扰他，毕竟他现在最重要的事情是好好学习，到时候考个好大学，也省得王银老是忧心。从此晨阳的性格更加安静了，很少回家，也很少说话，而他和晨诺之间，渐渐地连招呼都很少打，俨然成了最熟悉的陌生人。

两个曾经最亲密的人，就这样做了一年的高中校友，直到晨阳即将启程去上大学那天，他把东西都收拾好后，才想起来，应该跟晨诺道个别。

天知道她是多么在意别人的不告而别，他不想那么做。

"小诺，我要去外地读书了，你好好照顾自己。"他的声音有些颤抖，很久不和她说话了，他居然不知道该用什么样的语气和措辞。

"我会的，你也是。"晨诺轻轻地回答。她已经不再是那个任性的小女孩儿，也不再像从前那样跟他要求这要求那，只是默默地看着他做决定，支持他的每一个选择。

"你已经长大了……"他哽咽了，印象中她还是那个依偎在他怀里的小女孩儿，而眼前的她已经是个楚楚动人的大姑娘了。

"我知道，长大了就得懂事了，就不会给你添麻烦了。"晨诺仍旧轻轻地说，这仲夏的天气随着她的言语而刮来了阵阵冷空气。

"那，再见。"晨阳转身，拎起行李大步出门，由王银送他去学校。

他几乎是一路逃跑似的往车站赶，王银在后面一直叫他慢点，离开车时间还有很久。他当然知道，但他必须快些离开这里，他害怕自己忍不住要回头，他害怕自己会忍不住冲上去抱住她，告诉她自己所有的心事，那样一来，她就彻底被他给毁了。与其说是要逃离晨诺，还不如说是要逃离自己的心魔。

晨阳一转身，晨诺就跑上了阳台，天知道她有多讨厌这个阳台，从爸爸离开，她几乎就没有出来过。现在她就站在这里，一直看着晨阳走出自己的视线，他甚至连头也没有回一下，这是他第二次不肯回头了。她的脚下风声隐约，秋天还没有到，树叶却提前落了一地。

晨阳走后晨诺还和以前一样去上学，高中忙碌的学习生活完全没有留给她多愁善感的时间，这样的充实也正好让她把很多牵挂暂时放下了。当晨阳假期回来的时候，她已经可以微笑着坦然相对。

"功课还能应付得了吗？如果有问题可以拿出来我帮你看看，也许能帮上什么忙。"闲暇的时候晨阳总会关心一下她的学习情况，俨然是个十分称职的好哥哥。

"暂时没什么问题，你出去那么久，好不容易才回来一趟，还是多陪陪王姨吧。"时隔半年，晨诺真的懂事了好多，每一句话、每一个动作都那样的恰当得体。

"妈让我找你玩，我也有好久没有好好陪你聊聊天了，实在不是个称职的哥哥。"晨阳说这话的时候脸色已经暗淡了下来，在他心里，自己永远都是欠着晨诺的。

"你好得不得了，从小时候开始一直照顾我这么多年，倒是我时不时给你添麻烦，外面的世界一定很精彩吧？"她一直都在努力扮演一个好妹妹的角

色，生怕一个不小心就把萧晨阳给吓跑了。

"还好吧，新的环境新的人群，总会有些新鲜感的，不过还是晨城最美了，它会让人牵挂，不管你走了多远最终都还是要回来的。"晨阳其实更想说的是晨城有让他放心不下的人，因为心里装着一个人，所有惦念这座城。

"那可不一定，我就是个例外，如果我走出去了，就再也不会回来了。晨城虽然美，却太小了，让人憋屈，我感觉我都要窒息了。"晨诺说的是真话，她一直努力想考个好大学，就是为了能逃离这里。

"我也想过要逃开，永远不要回来，可惜有些时候，等你真走了才发现自己放不下，就算回来会难过，也还是忍不住要回来，哪怕只是看看也好。"他说的也是真话，只不过，并没有说进晨诺的心里去。

"人生本就很无奈，明明不想回来还必须要回来，明明不想放手却由不得你不放手，所以我们要为自己想想，该放就放，你想要的，不一定是美好的，不是吗？还不如放了那些不属于自己的，获得一些更加美好的。"

"你说话越来越有哲理了。"

"我最近看了一些书，很有感触，如果可以，我还想自己写一本呢！就写一个无法掌控自己命运和感情的女孩的悲剧，你说会不会有人看呢？"

"现在的人都喜欢看些傻白甜的喜剧，因为悲剧每天都在发生，而喜剧反而越来越少了，人总是要找一些东西来存放自己的幻想的。"

"喔。"

这一年的冬天，萧晨阳20岁，萧晨诺16岁，雪还和三年前一样铺天盖地，只是他们都没有再出去吹风，也没有和小时候一样去嬉戏，只是轻描淡写地讲述着曾经那么看重，现在却无关紧要的话，他们都长大了，就连一直放不下的东西，再讲出来也不觉得沉重了。

他用四年把她宠上天堂，又用四年把她踩进地狱。好在，她终究还活着。

第十五章 命运的玩笑

萧晨诺的高考还算顺利，虽然 Z 大不是顶尖大学，但也不错，而且她很喜欢沿海的气候，至少冬天不会那么冷，她也不至于被冻死在冰天雪地里。自从那年冬天被遗弃在雪夜里，她对雪就有着莫名的恐惧，遇到天气转冷，膝盖也会时不时地疼，好像七八十岁的老人那种老寒腿。

刚来这里的时候，宿舍里的姐妹们都因为想家而难过，只有她安安静静的，一点思乡的痕迹也没有。她的确是不想家，与其和萧晨阳母子尴尬度日，她宁愿就这样一个人在外漂流，何况她现在也不是一个人，她的新同学和她都亲热得不得了，跟晨城那些只知道做作业的考试机器完全是天差地别。

"晨诺，你要不要我陪你逛街？看你闷得跟个葫芦似的。"杨玲娅大大咧咧地把手搭在她肩上，她们宿舍一共只有三个人，她可不想有一个是哑巴。

"我哪里闷葫芦了？你是不知道，我小时候那可是'神行太保'，我现在只是比较淑女罢了。"晨诺强拉起一个骄傲的笑容，在走出晨城的那一秒她就已经决定要改变了，她要做个开心的女孩，而且是一个绝对不再让自己受委屈的女孩，像雪夜那样的故事，就让它成为遥远的历史吧！

"你不说话我还真当你是哑巴呢，看不出你还挺贫的，我爱上你了。"玲娅伸手揉了揉晨诺的头发。

"她这是不鸣则已，一鸣惊人！"美美从旁边伸出个头来，她看晨诺这几天连一滴眼泪也没流过，就已经断定她是个很独立的人了，怎么会是个闷葫

芦呢！

"好了，你们也适可而止吧，趁现在高年级的同学还没来，我们可要好好地游玩一下我们学校和所在的城市。"晨诺一手搭一个肩膀，就把她们推出了门。

这一天可以说是疯狂的，三个小姑娘差点就把 Z 市给翻了过来，大小地方都路过了一次，末了才发现已经没有返校的公交车了。

"坐了一天的车，都差点晕车了，想不到 Z 市就这么点大啊！"杨玲娅一边摇摇晃晃地往前走，一边逞强地说着。

"这已经够大了，至少比晨城大多了。"在晨诺的心里，只要是比晨城大的城市都可以算大城市了。

"我也这样觉得，你看我们从早上一直逛到现在，也只把主干道上的公交都坐了一回，还有很多地方我们都没去呢。"美美早就已经晕车了，只抱怨 Z 市怎么这么多公交车，可惜杨玲娅就是不肯放过她。

"你们还记得回去的路吗？"晨诺一向都是路痴，加上今天又坐了这么久的车，早就找不到北了。

"不记得，那我们打车吧。"玲娅歪着头，像是用力回想一样，最后还是放弃了，还提出一个十分打击美美和晨诺的建议。

"还要坐车啊？神哪！救救我吧！"美美一提到车，差点就吐了，但是没有人给她发晕的机会，直接就被杨玲娅拉进了一辆出租车。

虽然开学没几天，但是晨诺已经非常了解杨玲娅的为人了，想要有好日子过就最好乖一点，原以为离开晨城就自由了，想不到又落入了她的"魔掌"。

大学毕竟不同于高中，萧晨诺也从这样的环境里得到了她梦寐以求的放松感，一直到高年级的学生上学，她才惊觉自己从不曾逃离过命运之神的玩弄。

高年级学生到校那天，杨玲娅和陆美美一大早就兴奋地冲出去看帅哥了，晨诺到了这个时候才忽然想起，自己居然连萧晨阳在什么地方上学都没问过，反正只要不是 Z 市就好。就在她觉得自己真的已经远离萧晨阳的时候，一个魔鬼般的电话打了进来，电话那头就是萧晨阳，号码显示是 Z 市。

"在哪里？"晨阳在电话里问。

"在学校宿舍。"晨诺木讷地回答，还没说，就听见宿舍管理员在喊她的名字。

"R16 的萧晨诺，你哥哥找你……"管理员的声音不大，却震掉了她的手机。哥哥，哪个哥哥？萧晨阳吗？他怎么会来 Z 大？他来找她做什么？……

抱着一大串疑问，晨诺忐忑地走出了宿舍。他就在她的宿舍门口等着她，脸上还是他惯有的那种浅淡而神秘的微笑，乍一看如阳光般温暖，实际却空洞不含一物。

"你怎么会在这里？"晨诺愣了半天，好不容易才问出话来。

"我本来就在这里上学啊，你难道不是因为知道我在这里特意考过来的吗？"这回他的脸上终于出现一个惊讶的表情，他一直以为晨诺是追逐他的脚步来的，他还为此窃喜好久，以为终于有机会可以修复他们之间的关系。可她却是一副完全不知情的样子。

"当然不是了，我从来没有问过你在哪里上学，只是我的分数刚好够 Z 大的录取分数，而且，这里毗邻大海，是个好地方，我哪知道你也在这里。"晨诺还是不相信上帝会跟她开这样的玩笑，她在一分钟前还以为自己永远离开他了，而现在他怎么就这样出现在她面前？如果她知道萧晨阳也在 Z 市，那她宁愿报考一个差点的大学，也决计不会与他同校的。

"哦，你说不是就不是吧，不要生气嘛。"他笑着哄她。在他看来，她只是碍于面子不好意思承认罢了，无论如何他心里都有些庆幸能够和她念同一所大学。

"你还有什么事情吗？"晨诺看着他的表情不断换来换去，也不知道他在打什么主意，一心只想快点逃走。

"我就是来看看你，还有什么需要的东西吗？我去帮你买，晚饭的时间也快到了，我带你去吃饭吧。"晨阳说得极尽温柔，晨诺却听得一直后退。

"不用了，我什么都不缺，我自己会去吃饭的。"晨诺逃也似的跑回了宿舍，一进去就直接扑到床上用被子蒙住了头。她只盼望这一切都是萧晨阳在跟她开玩笑，等明天醒来的时候，萧晨阳绝对不会再出现在她的世界里。

第十六章 沉沦与放手

　　经历过高考的洗礼之后，大学生活就如同度假一般，虽然命运之神跟萧晨诺开了个玩笑，让她不得不继续与萧晨阳同校，但是他还算识趣，并没有过分去打扰她的生活，只是在他觉得有必要的时候，才会出现在她面前。

　　"小诺，你能和我一块儿回家过国庆吗？我们都走了，妈妈有点不习惯。"晨阳柔声询问着晨诺的想法，虽然她说她还有很多事情要忙，可那分明是借口，大学里有什么可忙呢？

　　"不了，你替我给王姨带个好就行。"晨诺的声音很小，语气却很坚决。

　　晨阳原本以为晨诺刚上大学肯定会想家，一定会跟他回去的，所以特地买了些东西给妈妈带回去，让她也高兴高兴，谁知道晨诺竟拒绝了。不过也好，至少她因为这些东西而主动送他出学校。

　　晨阳无奈地看着冷清的晨诺，默默地跟在她后面走着，不知道该用什么样的语言来劝说她，他知道如果她实在不想跟他走，他也是没有办法的。何况，他根本就不可能去勉强她什么，在他心里，晨诺是比妹妹更加让他刻骨铭心的人。

　　"你真的不打算回去吗？其实妈妈她真的很想你的。"他还是忍不住想劝她回去看看，不仅仅是因为家人的思念，最重要的是他实在不愿意让她离开自己，天才知道在晨诺还没有来到 Z 大的那段日子，他过得有多艰难！他的脑海里全是她，只要学校一有假期，他就一定会回到那个养育他心爱的女孩的晨城去。尽管晨诺总是用那副冷漠的表情面对他，可只要能看见她就足够了。

他答应过妈妈不告诉晨诺自己不是他亲哥哥的事情，以免她知道自己在世界上再无亲人会感到孤单。可他还是固执地认为晨诺会考到Z大来，就是因为她也离不开他。尽管到了Z大她仍很排斥他，她是恨他的，他怎么会不知道呢？因为他曾带给她那么大的伤害，甚至险些害她丧命，他唯一能做的，就是尽全力去弥补她所受的伤害。

到学校站台的那段路，忽然缩短了好多，萧晨阳还没想好要怎么说动晨诺跟他一起回去就已经走到了。

"放心吧，我没事的。"她轻轻地说着，那张美丽的瓜子脸依旧很冷清，长长的睫毛遮掩了她大大的眼睛，也淹没了他渴望的信息。两人都是习惯性地沉默着，安静地等着公交车进站。

一声刺耳的刹车声打破了离别的沉寂，晨阳失望了，孤独地走过站台上了车。

"拜拜。"晨诺挥挥手，用最常用的方式跟他告别，他还来不及说点什么，她就已经转身离去。

萧晨阳就这样随着破落的公交车离开了，那绿色的车厢渐渐消失在萧晨诺的视线里，她能听见自己的心在哭泣。

她不是不想回去，她只是不明白回去了又能怎么样，在那里待了十八年，和萧晨阳一起生活了十年，那个所谓的家，只会令她更寂寞。妈妈走了，爸爸死了，虽然还有王银和萧晨阳，可她压根儿就不想面对他们。哪怕她心里无限感激这么多年他们对她的照顾，也早就将王银当成了自己的妈妈，可她就是不想认萧晨阳这个哥哥。

不论是什么原因，那个家早就已经不属于她了，她不是不想要家，只是那里有个萧晨阳就足够让她退却了。十年了，她从来没有承认过那个哥哥，不是不明白萧晨阳和王银对她有多么好，只是不明白自己该怎么去面对，他出现得太突然，表现得太好了，超过了她所能承受的极限，她曾经完全依赖着他的好，他曾把她从死神手里救下，又亲手将她推进万劫不复的深渊。

13岁的那场雪，在萧晨诺的身上留下了永久的痛，也在她心上刻下了永

恒的伤疤，她发过誓：出来了就不再回去。

回家的回家，出游的出游，校园里已经没几个人了。夜也已经临近，冰凉的风不知怜香惜玉地向在林荫道上独行的晨诺袭来，像恶魔的鬼爪随时准备吞噬一切，她感觉膝盖隐隐作痛的同时脊背也在发麻。

"晨诺！"一只手从天外拍了下来。

"啊！"晨诺吓得尖叫起来。

"晨诺，我是美美，你在想什么呢？"美美狐疑地上下打量着晨诺。

"哦？啊！不好意思，我在想恐怖片。"晨诺努力勾起一个可爱的笑脸。她就是这样，不管自己心里有多苦，也不希望被别人看见，所以在大多数人看来，她就是个被宠坏了的无忧无虑的小公主。

"真想不到我们的萧晨诺小姐也会有这么胆小的时候，呵呵，我这发现可真大啊！"美美得意地审视着她刚发现的新大陆，晨诺恨不得一脚把她踢到火星去。被她这么无厘头地一闹，什么烦恼都抛到脑后去了。

"看什么？死丫头，居然敢笑话我，小心我揍你！"晨诺威胁似的捏着小小的拳头。

"对不起啦。晨诺，我可算是抓着一根救命稻草了，陪我玩好不好？这里只怕是连鬼都不剩几个了。"美美快速转变角色。

"这个嘛……你若是真的害怕，那我就看在同窗一场的份上牺牲一回吧。"晨诺一边在嘴上讨便宜，一边暗暗在心底叫好，毕竟她再怎么习惯寂寞，也还是希望有个人陪的。

"晨诺，我们去打球好吗？"美美是那种天塌下来也照玩不误的乐天派，刚刚还装得可怜兮兮的，现在就要拉着晨诺去玩。

"你要打什么球？"

"台球，你会吗？"

"应该会吧。"其实晨诺根本不会，只是很久以前见晨阳和别人玩过几次而已，但料想美美这小丫头也不会有多厉害，去就去了。

"晨诺，别发呆，我们开始吧，你要让着我哦！"美美拉了拉心不在焉的晨诺。

"这还用你说？我赢得多了，输给你一两回就当是照顾你啦。"晨诺淡淡地附和着美美，虽然努力表现得活泼可爱，她却总是不由自主地走神。

随着球杆和球的不断撞击，晨诺麾下的大部分球都已经乖乖地躲到洞里去了，从目前的战局来看，她要赢美美是绝对不成问题的。

“你干什么打人啊？”就在她窃喜之际，不知道被哪个倒霉鬼撞了一下。

“对不起，我不是故意的。”一个很有磁性的男中音礼貌地向她道了个歉，那一回眸的侧脸，晨诺似乎在哪里见过。

本来想说点什么，但晨诺最终什么也没说，她总觉得眼熟，却又想不起到底在哪里见过。他也没多说什么，道过歉，就继续打他的球了，倒是晨诺总下意识转头看他两眼。

“晨诺你又输了，在想什么啊？为什么老是走神啊？”美美的小嘴又噘起来了。

“没有啊。”晨诺好不容易才回过神来，居然为了那个不相干的人输成这样。晨诺也不知道哪根筋不对，转身便叫了他。

“我要输了，可不可以帮我打几个球？”

“可以啊，不过，我也打不好。”他轻轻地回过头来，晨诺这回终于看清楚他的脸了，原来他竟然和萧晨阳有几分相似。

“没什么大不了，比我好点就成了。”晨诺淡淡地说，她哪里会在乎什么输赢，只是想弄清楚到底在哪里见过他而已。

他倒也不客气，真拿着球杆开打了，不过说打球有点不合适，叫出丑应该更准确，那些个球就像是故意和他作对，每次都能往预期以外的方向跑，就是不进洞。看着美美那得意的样子，晨诺都不知道该做何感想，只要他能打进一个球就好，但是，现实与梦想总是有差距的。

“哇！直线球都打不进？你怎么这么菜啊？”晨诺被他的洋相给逗乐了。

不管怎么说，有这样一个人能博得萧晨诺真心一笑，总归是好的。

第十七章 去与来

台球场上的闹剧还在继续，那菜鸟男被美美虐得找不着北，还没等晨诺想明白到底怎么会有这样的奇葩，一帮臭小子就围了上来。

"你们要干吗，想打架吗？我这么美丽动人，你们好意思动手吗？"美美一看他们的人围过来，气焰一下就灭了一半。

"喂！美女，你怎么叫他帮忙啊？"一位小帅哥一语惊醒梦中人，原来他们是重色轻友，特来揭短的。

"他要是太厉害了，我们还玩什么啊？"晨诺快速把美美拉到自己的阵线上来，不管怎么说这个家伙也是她叫来的，他不怕丢人，她还怕别人说她没眼光呢。

"听明白没有？人家就是看准了我奇葩，你们太正常了都没有这个机会。"他不以为然地说着。晨诺彻底无语，天下居然有这样的男生。

"我说你能别丢人现眼了吗？我们男人的脸都给你丢尽了！不行就让我来帮你吧！"一个挺帅的男生站出来。

"他是我邀请的，结果再烂，我们也会共同承担。"晨诺坚定地看着那个男生。

"现在的小姑娘都什么眼光。"小帅哥显然是不能理解，两条漂亮的眉毛挑得老高。

"你想多了。"听见嘲笑她没眼光，她就恨不得一脚把他踢到火星去，但是转念一想还是应该以大局为重，要真把他们惹急了，就她和美美两个小丫头片子要想全身而退还真有难度。

"我们还是继续打球吧，现在我和晨诺对战你和你的任意一个伙伴，怎么样？"美美一副志在必得的样子，不过在晨诺看来，纯属没事儿找死。

"没问题，输了你别哭，开始吧。"小帅哥得意地拍拍那个菜鸟的肩膀。看他们一群男生欺负两个女生，晨诺就来气，不好好教训教训这些人，她会觉得对不起天地良心。

或许真的是天意，从开始到结束她和美美都超常发挥。

"耶！本小姐赢了！各位兄弟服不服啊？"美美得意地望着那群男生，也不担心引起众怒。

"不服！"那几个家伙怒目圆睁，齐声高呼。

"服。"一个声音从角落里悠悠传来。晨诺循声望去。果然是那个菜鸟，气得其余的男生头顶都像在冒烟。

"喂！你是不是脑袋短路了？"看他们这架势，晨诺的同情心又开始泛滥了，走上前去试图救救他。

"大家不要冲动，他只是比较老实，冲动是魔鬼。"

"我说的都是事实嘛。"他补完这句，众人都无语了。

"你——"那个最冲动的小帅哥脸上的青筋都冒出来了。

"大家冷静点，冲动是魔鬼，晨诺，闪人。"美美带着晨诺逃离现场。但那只菜鸟的声音再次在后面幽幽响起。

"你们明天还来吗？"

"来啊，这么好玩为什么不来？那我们明天不见不散啊。"美美这丫头真是……

晨诺几乎是连拖带拽才把她弄回学校，进入宿舍的那一刻晨诺跟断了线的风筝似的，一下子栽到了床上。

"晨诺，你觉得那四个帅哥谁最好看？我觉得那个菜鸟特有意思。"美美回到学校的第一句话就是关于他们的。

"哪里好看了？除了装傻充愣，什么都不会。"晨诺毫不留情地反驳她。

"可他长得真的不错啦！其他的就比他逊一些了！明天再和他们打球你就

让让他，别让人家输得那么难看嘛！"美美摇着晨诺的胳膊，她无奈了。

"就见一次面而已，你有必要这么上心吗？就是随便说一句，他去不去还不知道呢。"晨诺试图让美美冷静一些。

"但愿他会去。"美美满怀期待地祈祷起来。晨诺总是感觉这家伙有问题，只是一时间还想不到问题在哪里。

晨诺平日总嫌美美聒噪，可真当她安静下来，她又觉得宿舍有点过于冷清了。

"美美，帮我找点东西打发时间。"

美美也不搭理她，随手递来一本小册子，就继续玩自己的 iPad。晨诺本是随意地翻看着，渐渐地真心觉得作者写得还不错。

也不知道是不是她也爱写东西的缘故，晨诺竟然有那么点想见作者一面的冲动。

晨诺彻夜无眠，望着窗外若隐若现的一眉弯月，她开始怀念和萧晨阳一起趴在窗台上看家乡那些南飞的候鸟的时光。月光下，那是一张无与伦比的俊颜。

"噢！"一声鸟叫，一群初来乍到、尚未安置好的候鸟惊恐地飞了起来，打破了晨诺眼前的幻影，却抹不掉心里的思绪。或许，他现在也正在那边看着纷纷南飞的候鸟吧，曾几何时，他们看着候鸟离开，又在那里等着它们归来。她一直幻想他们可以永远一起看着这些小鸟飞翔，但是现在他们看见的却是去与来。

第十八章 似曾相识

天刚刚亮一会儿，美美就要起床，说什么不抓紧时间玩几天，就等同于浪费生命，在晨诺看来，不抓紧时间睡觉那才是真正的浪费。

"晨诺，都快到十二点了，你昨晚看了多久的小说才睡啊？"美美又来催了。

"没多久，是你的床不好睡，天亮时才睡着，这可都是为了你牺牲的！"晨诺随便找理由来搪塞，她生平就只有两个爱好：写作和睡觉。

"我要你陪我睡也是因为爱你啊，现在，陪我去玩好吗？"美美一脸甜蜜地央求着，不过还真管用，晨诺最终还是慢吞吞地起了床。

只是糊里糊涂地洗把脸，还没来得及化妆，就被美美拉出了门。

晨诺百无聊赖地陪美美逛了一天，终于可以解放了，晨诺不顾淑女形象，一路狂奔起来，她现在非常思念她那张木板床。

路过男生公寓时，美美突然拉住了她。

"晨诺，看，昨天那个菜鸟！"美美一边指着路边的电话亭，一边激动地朝他挥手。

"有什么好兴奋的？"晨诺懒懒地看过去，他正在打电话。也不知道是好奇还是她本性暴露，忽然就想搞点不大不小的恶作剧。

"亲，你给谁打电话呢？"晨诺学着女人吃醋的样子，对着话筒发嗲。

"你说呢？美人啦！"他回过头对她贱贱一笑，那样子看起来和昨天判若

两人。

"是什么样的美女，让你有那么多话要说啊？"晨诺假装很好奇地问，即使知道自己看走了眼，为了面子还是得撑下去的。

"已经结束了，你吃饭了吗？"他特阳光地向她笑了笑。

"怎么了？没吃你是不是要请客？"晨诺忽然就想要敲诈他一下。

"荣幸之至，那我们走吧！"看来他不仅阳光而且还豪爽。

"那还真遗憾，我现在一点也不饿，这样吧，记账好了，等我哪天饿了，就来找你。"晨诺觉得还是放弃这种随意的邀约比较好，毕竟他们还没熟悉到可以共进晚餐的地步。

"好，我随叫随到。"看他回话的神情，晨诺忽然有种掉进陷阱的感觉，也不知道他是真傻还是装傻。

"大帅哥，别忘了今晚还要一起打球哦！"美美见晨诺推掉了饭局，赶紧跳出来提醒他去打球。人算不如天算，晨诺刚想逃离这个可疑的男生，但是她却忘记了身边还有个美美，看来她注定是要被她拖下水了。

"要是你输了怎么办？"这句话应该是对着美美说的，可他偏偏直勾勾地盯着晨诺。

"我不会输的，不过你输了得请我们吃饭，呵呵，我都闻到香味了！"美美不知死活，晨诺心里有了不好的预感，却还是硬撑着把笑容勾勒出来。

"这么说，这亏我是吃定了？哎！"他那表情好像她们真欺负他了似的。

"那你要怎么办？要不我们输了任你处置？"美美到底在想些什么呢？

"一言为定！"他这会儿可乐了，晨诺忽然觉得中计了。

"你等着掏钱吧！"美美不知所谓地乐着。

晨诺知道再不走麻烦就更大了，赶紧拖着美美逃离现场，晨诺看着那个似曾相识的背影，心里早就没底了。天知道她怎么会连这么点小事都没了自信，不管怎么说，为了她的面子和美美丰盛的晚餐，她是躲不过了，大不了，回请他一顿饭。

"晨诺，昨晚的小说怎么样啊？"走到半路，美美突如其来地问了一句，害得晨诺搜索了好一会儿才有了点头绪。

"嗯，还可以，谁写的？"晨诺支吾地问着。

"毛毛雨，是我的网友，他很帅的，而且还到这里来了，一会我们去见他，你们还可以切磋切磋。"小丫头煞有介事地说。晨诺轻轻地点点头，反正也无事可做。真离谱，本来还以为自己早就已习惯了，而现在却不由自主地害怕孤单，是因为萧晨阳回去了吗？抑或是她也想家了？不管啦！先去看看这位文学青年，或许还能多个朋友。

天已经开始黑了，马路边过密的房屋和绿化带上的树交叠在一起。

"谁是毛毛雨啊？"刚刚站定脚，晨诺就忍不住问美美。她非常不喜欢这里的黑夜，她记得家乡那边的天在此时已经有很多星星了。

"我就是！"一个黑漆漆的影子出现在她们面前，因为晨诺从小就不适应弱光，加上他站的位置，自然也就看不清楚他的样子。

"毛毛雨！这是我同学萧晨诺，她喜欢你写的小说，而且她也喜欢写东西。"美美做介绍的时候目光始终没有离开过那人的脸。

"写得不好，请多指教。"他说话谦逊得体，俨然教养极好。

"已经很好了，哪里还要什么指教。"晨诺漫不经心地道。

"谢谢！"说话间，他主动和她握手，很温暖的感觉，有点像小时候爸爸的大手掌，更像是萧晨阳。虽然她没怎么看清楚他的长相，不过她总感觉有双熟悉的眼睛在盯着她，那种特别熟悉的感觉实在是太强烈了，一想到这里，晨诺就不由得红了脸，还好这里的灯光很暗，谁也看不出她的尴尬。

"从没见过你这么特别的女孩儿，可以给个号码吗？"他的注意力似乎一直在晨诺身上，也不知道他是从哪个角度看出她特别的。不过晨诺可不想抢美美的风头。

"美美有我所有的号码，你们继续聊好吗？我还有点事情，再见。"晨诺慌忙逃离现场。

"你自己小心点。"美美头也没回，晨诺倒也能理解，女生外向是亘古不变的。

一个人走在大街上，思索着毛毛雨的眼神到底哪里不对？是像萧晨阳吗？对，而且很像。晨诺不觉想打自己几下，那么黑，她怎么就看出他的眼神像他了呢？还是说她现在看谁都像他。

第十九章　男女朋友

萧晨诺回学校最好的路线刚好要经过那个叫"天外"的台球厅，远远的，她就看见美美约的那群人，现在只能她一个人去应付。

"又遇到你了，好有缘哦。"晨诺听见的第一句话就来自那个菜鸟，虽然看起来他和他的伙伴是在门口等人，他却硬要说得像是巧合。

"是吗？"晨诺冷冷地回他，既然躲不掉，那也只能硬着头皮面对了。

他扮了个鬼脸，晨诺简直不知道该用什么样的语言来评价了。

"你一直都是这个样子吗？"晨诺多少希望他稍微普通点。

"怎么了？我觉得自己挺好的啊。"他笑的样子到底是贼还是傻，晨诺是真不明白了。

"告诉你个秘密，只要遇到我，就不会有好运气。"为了远离他，晨诺不惜自毁形象。

"你有那么恐怖吗？我怎么就一点感觉都没有呢？"他又一次极不礼貌地将她仔细打量了一番。

"等你有感觉就已经来不及了。"晨诺已经后悔自己选这条路了，即便是失约，那也好过面对这个人。

"没关系，我抵抗力强，不管你是禽流感还是什么刚出来的新病毒，都奈何不了我。"他不知死活地调笑着，气得晨诺牙痒痒，她萧晨诺何其骄傲的人，居然被这么个不起眼的小子戏弄，看来她是得出手了。

"闲话少说，打球去吧！"她希望能快点将他应付过去。

"何必呢？即使你不打赢我，我也可以请你吃两顿饭的。"他忽然认真地说。

"那我不就欠你人情了，能用实力解决的问题，没必要用感情。"这可以算是晨诺最不可违背的原则了。

"其实你应该逃跑的。"哪壶不开提哪壶，一下就说到晨诺的心里。

"废话少说，开球。"晨诺能感觉到有很多双惊疑的眼睛在看着她，她真希望此刻大地能裂条缝，把她给吸进去。

"啪！啪！啪！"连声响，晨诺顿时傻眼了，这不会是在做梦吧？怎么那么难进的球也往洞里钻啊！捏一捏自己的脸，会疼，看来她猜对了，他一直在装疯卖傻。

"别紧张，碰巧而已。不管输赢，一会儿我都会请你吃饭的。"他这话是盯着她的眼睛说的，但她可不喜欢向别人屈服。

"不用，我最不需要的，就是别人的施舍。"

"哦。"他有点无奈。接下来的表现更是毫不手软，很快，就在她不无失望的表情中帅气地做出个胜利的手势。

"骗子！"晨诺的血直往脑子里冲，就知道他昨天是故意的，她居然还会上当。

"想骂就骂呗，只要你别气坏了就好。"他笑着说，更是让晨诺气不打一处来。

"算了，你想怎样？"晨诺冷冷地问。

"我不想怎么样。"

"那好，我走了。"晨诺转身就走，省得他忽然反悔。

"等一等，我想请你吃顿饭，可以吗？"当晨诺走到门口时，他突然在后面喊了起来。

"那我谢谢你了。"他果然马上就反悔了。

"谢得倒是很快啊！"他笑得高深莫测。

"你到底准备做什么？可不可以一次说完？"晨诺的耐心就快耗光了。

"我看见你先前去和别的男人约会了，他是谁？"他好像很在意的样子，

眉毛拧成了一条线。

"我做什么事情要向你汇报吗？哪有一个陌生人这样干涉别人私事的？"晨诺不耐烦地和他理论。

"什么叫陌生人？我们是陌生人吗？再说你的事我早已经被授权插手了。"

"莫名其妙啊你！我什么时候给你授权了？"晨诺的脑子有点糊涂了。

"是谁说的，输了就任凭我处置的？所以，我可以管我想管的任何事情！我现在就命令你不得和除本人之外的任何男生来往！"

"你！"晨诺简直快要抓狂了，她才不要为了美美的一句话，就着了他的道儿呢！

"你脑袋没问题吧？这是卢美美跟你约的，不是我。再说了，人家随便说说你也当真？"

"我脑袋是不太好使，但还够用，你既然替她来了，就得负责到底，你如果不同意，今天就别想回去了。"他打了个手势，一大群人便向晨诺围过来。

"我同意。"晨诺无奈地小声应承，不过是缓兵之计嘛。

"好了，你也别太伤心了，我又不会让你做牛做马。"他得意地笑。

"你又在打什么坏主意？一次性把你的诡计说完可以吗？"

"做我女朋友吧。"他说这话的时候既轻松又骄傲，好像晨诺绝对不会拒绝他似的，也不知道他哪里来的自信。

"好啊。"晨诺学着他那无赖的样子答应下来。反正现在先得摆脱他，以后好好躲起来就好了。

"很好，那从这一刻开始，你萧晨诺，就是我钟威尧的女朋友了！"他像在做总结一样，晨诺感觉又好气又好笑。

一顿饭吃得还算顺利，钟威尧也没有过于为难她，只是他表现出的时不时的关照，让她很不适应。饭后，钟威尧就把她送回了寝室。

看着熟睡的美美，晨诺发现，无论白天自己玩得多疯狂，这样的夜，依旧让她觉得孤独，她会想萧晨阳，会想家，也会想爸爸妈妈。这么多年，这么多个日日夜夜，她自己已经习惯了孤独，却没有习惯忘记萧晨阳。

第二十章 谈恋爱

"晨诺，玲娅打电话来说，她今天就要到学校了。"这天刚亮，美美就闹钟似的叫晨诺起床。她的名字里虽然有个晨字，但她天生就没有早起的习惯，既然玲娅要返校，她也必须牺牲一下了，毕竟从进入这个学校开始，她们姐妹三人就已经相依为命了。晨诺揉揉蒙胧的睡眼，慢慢地把衣服往身上套，嘴里还不断嘀咕："玲娅怎么才回去两天就跑来了，就算她家离学校近，也不用这么早打扰我的美梦啊！"

"晨诺，钟威尧在楼下等你哦！"美美望着窗外鬼叫，她早就耐不住性子了。

"什么？"晨诺触电般地从床上弹起来，以迅雷不及掩耳之势穿上衣服，便直奔窗前。见状美美得意地笑个没完。

"死丫头，竟然敢耍我！"晨诺在窗前张望了半天也没见到什么人，当即气不打一处来。

"谁叫你那么慢吞吞地，只有给你点兴奋剂了，我看你多半是爱上他了。呵呵，我们的冰山小姐也有芳心大动的时候啊！"美美还是舍不得放弃取笑她的机会。

"你胡说什么？快告诉我玲娅几点到校。"现在她最怕的就是被钟威尧缠上，美美还拿他取笑她。

"她大概要明天中午才会到。"美美支支吾吾地说出实情。

"你不知道我睡觉的时间有多宝贵吗？我再也不理你了！"别以为只有小女生才会说这样的话。

两人这样吵吵闹闹地来到楼下，望着一片空寂的操场，晨诺忽然感觉到丝丝凄凉！她记得很清楚，以前的这个时间，晨阳时不时就会出现在这里等她去吃饭。此刻她为何忽生悲凉？难道她并没有自己以为的那么坚强吗？

"晨诺！晨诺！你真生气了吗？虽然玲娅今天不来，但是钟威尧真的来了啊！你别这么伤感好不好？"美美可是不耐烦了。

"谁跟你生气了？我是伤感这早上的冷空气！"晨诺甩了她一个白眼，她随即回应了一个白眼。

"你知道今天有冷空气，还不快去换件衣服。想让我照顾你就直说，何必把自己搞得这么可怜。"钟威尧从一棵粗大的梧桐树后钻出来，吓了晨诺一跳。

"你想干吗？"晨诺无奈地看着这个阴魂不散的人。

"我希望你乖乖地上楼去换衣服！"钟威尧命令似的喊着。

"走，我们去吃早餐。"晨诺懒得理会他，拉着美美转身便走。

"站住。"威尧伸出一只手拦住她们唯一的去路。美美赶紧拉着晨诺退回了宿舍。

"别生气，他也挺可爱的！你难道感觉不出来他是真的关心你啊？要是有人这么关心我就好了！"晨诺翻箱倒柜地找披肩，美美则在一边胡思乱想。

一直以来，只有萧晨阳才是晨诺唯一的期待，可钟威尧就像天降神兵一样，忽然就闯进她的世界，不容拒绝，甚至都不需要经过她同意。面对他的关心，她多少也会觉得心里暖暖的，或许，谈场恋爱很多事情就真的可以放下了。想到这里，萧晨诺觉得钟威尧也没那么面目可憎了。

"晨诺，你快点，他要冲进来抓人了！"美美着急地催促，她哪里知道晨诺的心已经翻越了一座阿尔卑斯山啊。

"萧晨诺，你好了没？快出来！"钟威尧狮吼般朝着女生寝室大叫，幸好现在宿舍基本没人，否则她不被人笑话就怪了。很快，美美又跟着晨诺从三楼飞奔了下来。

"不错，挺像只熊猫的！"威尧上上下下打量半天，就得出这么个结论。晨诺这下是真的要发飙了，把美美拉到身后，自己再后退一步，眼睛盯死他。

"我告诉你钟威尧，如果你依旧不收敛你的恶行，别怪我对你不客气！"

"莫名其妙，我有说什么过分的话吗？"他不屑地将手臂抱到了胸前。

"你？！"晨诺还想继续发表意见，但是美美已经拉住了她，也只好暂时饶了他了。

"走啦，不是说要去吃早餐嘛。"威尧说完，大摇大摆就走了。晨诺和美美早饿了，也自觉地跟了上去。

"吃太少了，每人再喝一杯牛奶。"钟威尧望着再无食欲的晨诺和美美，又塞了两罐牛奶给她们。

"什么？难道我也要吗？"美美委屈地看着晨诺。

"钟威尧，请你不要难为我的朋友。"晨诺瞪着眼睛警告他不要太过分，不过效果甚微。

"老板，再来两份'甜蜜蜜'。"钟威尧完全无视晨诺的愤怒，又点了两份甜点。

"晨诺，就这一顿，应该不会长多少吧。"美美识趣地阻止即将发飙的晨诺，明显她们毫无胜算嘛。

"谁说就这一顿的？除非你们不再来往了，否则你们每天必须给我补足营养，要是你们一不小心让风刮走了，我可懒得英雄救美。"钟威尧完全没有借坡下驴的觉悟，不依不饶。

"喂，我们天天吃这么多胖成猪了不说，我们也没那么多钱！"

"那就请二位别浪费粮食。"他把一大堆食物放到她们面前，而后继续吃自己的东西。

"你钱多到没处花了吗？"美美终于提出了质疑。

"这只是对晨诺而言，你算是蹭饭的！我可不希望自己每天都担心她会不会突然夭折，花钱总比伤神强！"他这话说得头头是道，两个女生一时都哑口无言了。

而晨诺心里那种温暖的感觉在逐渐浮现，或许，他真的可以帮她摆脱那个只有萧晨阳的噩梦。

"谢谢你的早餐，现在我们想去游乐场滑冰，你要一起吗？"晨诺话没说完，威尧的脸色就难看得不能再难看了，不过，很快又恢复了正常。

"那我们走吧。"他故意说得很轻松。晨诺心里却犯起了迷糊，好奇怪的男生，忽冷忽热的，完全不知道他在想什么。

"你如果不想去，就别勉强了。"晨诺好心提醒道。

"你就这么想甩掉我吗？告诉你，门儿都没有。"他依旧维持着倔强的骄傲。晨诺也懒得再揣摩他的心思，带着他一块前往游乐场。

很快，晨诺就后悔带他来滑冰了，天知道钟威尧是不是又在装，居然一点技术也没有，累得她浑身是汗。她曾经驰骋全场的潇洒早已被此刻的狼狈不堪给代替，更郁闷的是还必须得找话题给他解闷。

"你觉得怎么样？"她多希望他能喊累，那样自己也能稍微休息一下。

"不怎么样。"他说话的时候双腿一滑，累得晨诺差点陪他拥抱大地。

"我说你怎么就这么笨啊？人家男生都护着女生，你难道真那么心安理得地让我拉着你吗？"晨诺本来不想打击他的自尊，可是一直拉着他的手，她不习惯，毕竟长这么大，除了爸爸妈妈，也只有萧晨阳才会没事拉她的手，何况还是很多年前的事情了。

"我才懒得与那些庸俗的家伙同流合污呢，本人一向都这么独具特色，你难道没有看出来吗？再说了，你是我女朋友，你拉着我也是应该的。"这样的话也说得出口，的确是独具特色。

"你是不是觉得自己独具特色的样子很酷？很好奇你有没有考虑过我的感受？"

"你有什么特别的感受啊？累了吗？那还是去休息一下吧。"钟威尧依旧没心没肺。

晨诺好不容易找到一块草地坐下来，感觉自己都要散架了。要知道她可是为了他才搞得这么狼狈的，他居然还不领情！

"喂，你发什么呆啊？盯着那边眼睛都不眨，在看什么呢？"钟威尧的声音再次打断晨诺的发呆。

"看帅哥！"晨诺报复地吐出三个字。很快就看见他那双怒目虎视着她。

"既然这里的帅哥如此惹眼，那你就去追啊，别坐在我身边，你走吧，我又没有拉着你。"威尧把头转向一边，手却死死地抓住晨诺，还硬说没拉她，这世界上除了他，恐怕也没人会这么做了！

"无赖，明明是你拉着我，还说没有，你放开我！"晨诺感觉自己已经忍无可忍了。

"你走吧。"这回威尧真的把手松开了，她刚站起来，钟威尧又将她拉了回去，而且正好坐在他的腿上，还挠起了她痒痒。

晨诺终于爆发了，抓住他的脸，快速抬手给了他一记耳光。

"这回你应该记住挠我痒痒的后果了？"她大叫。

"知道了，知道了，我再也不敢了。"威尧伏帖地点着头。

"知道就好。"晨诺神气地吹了吹自己的手。

"原来你这么怕痒痒啊！哈哈……"钟威尧不知死活地笑着。

"我错了，我投降，请善待俘虏！"最后却是晨诺先扛不住痒，威尧笑得更得意了，趁机把她搂进怀里。

或许晨诺低估了自己的疲劳程度，不知道什么时候竟然迷迷糊糊打起了盹儿，当她养够精神醒来时，竟已是下午时分。她居然大白天躺在一个男生怀里做梦，而且还是个只认识了两天的人！晨诺第一时间站起身来，却发现自己居然没穿鞋。

"我的鞋跑哪里去了？我睡了多久？这段时间你在做什么？为什么不叫醒我？美美呢？"

"你一下子问这么多问题，我都不知道该怎么回答你，先坐下，慢慢听我说。"他毫不介意她的慌张。

"不要再这么漫不经心的，快回答我！"

"好。一、不是我让你睡着的，是你自己见我的胸膛舒服，才睡着的；二、溜冰鞋很重，我怕你脚痛才帮你脱掉的；三、你睡了一小时三十一分钟；四、这段时间我一直抱着你，其间我也打了四十分钟的瞌睡，还玩了一会儿手机游戏。剩余的时间，我都在忍受你带给我的巨大压力。胳膊都快断掉了，腿也好痛哦，实在不行了……"他打了个哈欠，好像是真的很累。晨诺第一次耐心地听他说了这么多话，见他好像没有回答最后一个问题的意思，她无奈地提醒。

"你把美美弄到哪里去了？"

"我才没有呢，也许这会儿人家玩得正开心呢！"

"你什么意思？"

"她老早就跟那个什么毛毛雨走了。对了，她有交代我好好照顾你。"钟威尧若无其事地说着。

"喔。"晨诺听得将信将疑，也不好再追问什么，毕竟他也不容易，现在各自回去休息才是正事。

此时，美美正在和毛毛雨散步。安静的林荫道沙沙地发出声响，夕阳西下，四周有那么点浪漫的气氛，这两个人就在这样的场景下轻轻地谈论着一些琐碎的事情。

"毛毛雨，为什么我总感觉你心不在焉啊？是有什么事情吗？"

"没有，晨诺和那个男的，真的在谈恋爱？"

"他们呀，不算是。"

"真的？"刚刚还漫不经心的毛毛雨，顿时兴奋起来。

"对啊，晨诺根本就是在应付他，其实他对晨诺挺好的，虽然有点无赖，但总是为她好。我倒是很乐意撮合他们。"

"那怎么行？脾气太怪多不可靠啊，晨诺那么好的女孩可不能被他给害了，你是晨诺的好朋友，你一定要帮她啊！"

"这是当然。你挺关心她的嘛。是不是看上她了？"美美笑得极不自然，女人的直觉一向都是很准的。

"你这是什么话？我和她只有一面之缘而已。"

"真的？你一直不肯找女朋友，不就是因为没有共同语言吗？现在晨诺和你才子佳人，志趣相投，心动也可以理解嘛。"

"别胡思乱想，你能陪我散步聊天，我就很开心了。"

美美听毛毛雨这么说，脸上虽满是娇羞，心里头却挺乐的。聊了一个下午，聊来聊去，话题都在晨诺身上，但毕竟和他一起散步聊天的人是她，这就够了。直到夜幕降临，她才意犹未尽地回到宿舍。

"晨诺，我回来了！"还没推开门，她便朝屋里喊。

"终于知道回来了！"晨诺睁开睡眼，招呼着快乐的人儿。

"你怎么又睡觉啊？白天不是睡过了吗？"

"你好意思问我？自己跑去跟别人约会，让我一个人回来睡觉！"晨诺抓着她的把柄不放。

"你不是有钟威尧陪着吗？"

"呵！你还好意思说，明知道我不想和他一起，你还把我一个人留在那里。请问你约会开不开心啊？"一想起美美把她单独丢给威尧的事她就窝火。

"对不起啦，我只是觉得他挺好的嘛。"美美搪塞着她，脸却红了。

"看你这表情我就知道，对我说真话，你是不是爱上他了？"这回换晨诺取笑她了。

"真的没有啦！就是我爱上他了，他也不爱我啊！"美美委屈地低下头来。

"别担心，你这么好。"晨诺努力安慰着她。

"不说我啦，你准备把钟威尧怎么办啊？"

"我当然不想跟这个莫名其妙的人一起啦。"只有晨诺知道她这话多少是有些言不由衷的。

"那好，明天玲娅就到校了，她最有办法对付这种人了！"美美一副自信的样子，好像很有本事的那个人是她。

"嗯，好，晚安！"晨诺心不在焉地把头蒙住。

晨诺看着美美入睡，突然发现自己的心情很难平复。玲娅的本事的确很大，如果晨诺是纸老虎，那她绝对是只母老虎，而且是和狐狸一样狡猾的母老虎，绝对可以很快帮她摆脱钟威尧。

可她此刻心中十分不安，她现在不知道该拒绝还是该接受，她不喜欢他，但是她需要他。或许他真的能帮她逃离那个困了她十年的泥沼，她从小到大可从没那么松懈过，居然会在那种地方睡着，而且，那个怀抱还不是萧晨阳的。这注定又是一个不眠之夜。

第二十一章 超级女主角

"姐姐，你终于肯回来了，可想死我了！你都不知道没有你的日子，我们过得有多憋屈。"当杨玲娅到宿舍的时候，晨诺立即满血复活。

"听说有人欺负我妹妹？把他揪出来，我一定帮你出这口恶气！"玲娅比美美和晨诺大两岁，所以就一直担着保护幼小的担子。尽管身材胖了些，但到哪里都能吃得开，这一点，两个小丫头是望尘莫及的。

当美美把钟威尧仔细地介绍一番后，玲娅立刻制定出一套行之有效的方案，准备实施赶人计划。当三人来到钟威尧楼下的时候，晨诺心里还是纠结的，但是玲娅的计划已经在实施了。

"钟威尧，你给我下来！"玲娅的河东狮吼也是令美美和晨诺望尘莫及的。威尧闻声跑到阳台上，居然还光着膀子，惹得一旁的路人都大笑起来，待他看见晨诺，便飞奔回去穿好衣服出来了。

"你就是我妹夫钟威尧吧？挺帅的啊！"玲娅笑得跟朵花似的，晨诺浑身的汗毛也跟着竖了起来。

"谢谢夸奖，请问你贵姓？"他倒是坦荡。

"我叫杨玲娅，你可以叫我玲娅，认识你很高兴！"

晨诺有点蒙，玲娅不是说帮忙赶走他吗，这怎么回事？美美也是百思不得其解，有这么教训人的吗？

"饿了吗？一块儿去吃饭吧！"

"那我就不客气了！"玲娅笑得花枝乱颤。

"我喜欢你这种爽快的女生。"威尧到底知不知道自己在讲什么啊？

"喂！你们有没有搞清楚？我们是两个大活人唉，你们不觉得我们在这边也太凉快了吗？"晨诺实在看不下去了。

"我可以认为你是在吃醋吗？那你这几天一直装着很想赶我走的样子，这会儿舍不得了吧？"威尧得意地看着晨诺，逗得她无言以对。

"走，陪我去转转，顺便消消食儿。"饭后玲娅居然提出这种无聊透顶的建议，逛街对杨玲娅来说绝对是种享受，何况还有钟威尧哄着。每当看见她甩开美美，拉着威尧进了一个又一个的商店时，晨诺就不由自主地感到心酸，好像钟威尧是玲娅的男朋友，而她和美美倒成了灯泡。

"姐姐，你怎么这么爱当女主角啊？"晨诺说得酸溜溜的。

"这就心疼了？那你们慢慢玩吧。美美我们走！"杨玲娅当然知道晨诺在吃醋，不由分说，拉着美美就走了。

"姐姐！你别走啊！都怪你啦！"晨诺本想叫住玲娅，她偏偏跑得飞快，只好转头怪钟威尧。

"我可以认为你是在吃醋吗？别生那么大气，她毕竟是你的好姐姐。"威尧在一旁得意极了。

"你别这么自恋好不好？我什么时候吃醋了？我只是看不惯你们在我面前腻腻歪歪罢了。"晨诺恼羞成怒。

"那好，我以后不理她了。"威尧表现出从未有过的认真，目光灼灼，盯得她极不自在，却又逃避不开。

在晨诺百思不得其解之际，美美也是一头雾水。

"玲娅，你要抢晨诺的男朋友吗？"

"你傻呀？你难道看不出来晨诺和他有戏啊？她性格那么倔，除非是她自愿，谁能强迫她做什么事情？我不过是烧把火，让她吃点醋，看清自己的内心罢了。"玲娅年纪不大，见识不少，为晨诺也是操碎了心。

"你是说她喜欢钟威尧？但她为什么不肯承认呢？还一直告诉我她不想理他。"

"你是真傻，还是假傻啊？她那就是死鸭子嘴硬。"

"那怎么办？"美美不明所以。

"凉拌。"玲娅已经懒得解释了。

"如果她就是放不下面子呢？"

"我自有办法！"玲娅胸有成竹地拍拍美美的肩膀。

"我回来了。"晨诺回来见大家都不搭理她，赶紧出声示意。

"你吃了金嗓子啊？我可从没见过我们的晨诺叫得这么大声！"美美煞有介事地说。这时的玲娅也已经备好了台词。

"哪用得着吃什么金嗓子啊？都是爱情的力量，哎，我要是有个那么帅的男朋友，死了也甘心了！但是我记得我们的晨诺曾信誓旦旦地说过，绝对不谈恋爱的。小诺，你如果真的不想要，也别浪费了，送给我好不好？"

"你花痴啊？他那衰样你也看得上？难道美美没告诉你他有多么离谱吗？你还是不要自找麻烦的好！"晨诺还在继续说违心的话。

"什么离谱啊？那叫个性。一句话，你给还是不给？"

"他真的没一样好！"面对玲娅的咄咄相逼，晨诺急得脸都红了。

"怎么了？是不是舍不得了？"美美也在一旁添油加醋。

"你们谁爱要谁要，我要睡觉了。"晨诺郁闷地蒙上被子，她实在搞不懂她的这两个姐妹到底在发什么疯。

玲娅和美美虽然心疼她忧郁的样子，但这也是为了她好，那么漂亮的女孩，不应该困在自己的忧郁里，虽然她已经极力去掩饰，但怎么瞒得过朝夕相处的朋友？为了让她早点解脱出来，她们也只得狠狠心了。

"把他的电话号码告诉我再睡觉吧！"玲娅一副欣喜若狂的样子，晨诺漫不经心地把手机丢给玲娅。

晨诺躺在床上翻来覆去地睡不着，窗外的候鸟仍在忙着安居，也许某一只正来自萧晨阳那里。

他在她心里到底算什么？恩人吗？是的，在十年前的那个冬天，如果不是萧晨阳及时从汽车前面把她推开，她已经死在了家门口那条大道上。那时，她一心只想去找妈妈，满脑子都是被遗弃的感觉，不知道目标，不知道方向，就不管不顾地冲到马路上，一直到萧晨阳把她紧紧抱住，她才又从地狱边缘重回人间。

　　好痛！晨诺躲在被子里，使劲捂住胸口，她现在每一次想起萧晨阳，胸口就会痛，而且愈演愈烈。她强迫自己不去想他，暗暗发誓从明天起，好好和钟威尧谈恋爱，他或许可以救她。虽然对他来说不公平，可是，这世界哪里又有什么公平可言。

第二十二章 一头雾水

当新的一天开始，萧晨诺三姐妹走出宿舍的时候，钟威尧早已在楼下等候多时了。

"昨晚睡得还好吗？怎么眼睛有点肿了？"他问她。

"都是想你想的。"玲娅不等晨诺开口就替她回话。

"杨玲娅，你真的很喜欢当女主角耶！"晨诺毫不掩饰她的不耐烦。

"我是在替你说话，别不领情啊。"

"他们是情侣，有什么话都应该自己说吧。"

在学校玩了一圈，又到吃饭时间，席间的气氛有点尴尬，倒不是因为玲娅和晨诺之间的别扭，她们早就闹惯了。而是因为威尧带了个情绪欠佳的人，就是上次帮威尧打球的那个小帅哥。威尧一直招呼他，连看都没看晨诺一眼。

"你们到底在搞什么鬼？"晨诺不识时务地开口了，虽然认识他没几天，但他从没这么冷落过她。

"男人的事你别管，好好吃你的饭吧。"钟威尧居然对她这么凶，有没有搞错。她正要爆发，玲娅却做了个噤声的手势，晨诺只好继续忍耐。

因为钟威尧带的那个家伙失恋了，弄得大家心情都不好。人家失恋钟威尧却一杯接一杯地跟着喝，隐约听见他说什么自己也不比他幸运多少，就算晨诺对他不太好，可也没理由要一起喝醉啊，有话直接对她说不就结了吗？杨玲娅更是没底了，还没等晨诺搞清楚状况，玲娅已经倒下了，得先把她安置好才行。

好不容易把东倒西歪的玲娅安顿下来，交代好美美，她又得折回去看威尧那个醉猫，她真怀疑自己是不是流年不利，居然碰到这档子事儿。

一路上晨诺遇到了不少熟人，这种样子，她的形象还保得住吗？这还不是最惨的，威尧东倒西歪的时候，她稍没留神，嘴就碰到了他的唇，神哪，怎么会就这样被这么个来路不明的家伙莫名其妙地夺去初吻！这不算，所以绝对不能算！

她费了半天劲，各种拖、扶、拉、扯、扛，终于把他弄回学校。但他居然莫名其妙地来了句："你自己爱去哪里去哪里好了，我要冷静一下！"说得晨诺一头雾水，简直莫名其妙嘛，却又无可奈何，谁能和酒鬼理论清楚。

一个人在熟悉的林荫道上走着，晨诺忽然觉得很不习惯。虽然她有点受不了威尧夸张的行为方式，但是她也得承认，和他一起的日子，她真的感觉到前所未有的轻松、快乐，甚至觉得一直这样下去，也没什么不可以。

晨诺依威尧所言没去找他，但心里总奇怪，他到底要冷静些什么？

"姐姐，威尧今天好奇怪，你说他到底为什么郁闷呢？"其实晨诺也知道玲娅刚清醒，就问这样的问题不合适，但为了给自己解惑，她也只能如此了。

"你说是为什么？为你呗！我看他八成是要放弃了。"

"放弃什么？我吗？放弃了，倒还省事！"她就是死要面子，其实心里早急了。

"真的不介意？你可别后悔哦！等过一阵大家都明白了，像威尧这种男生的幽默帅气，很快就被抢走喽。"

"正好清净。"晨诺心里不甘，却还要装。

"那你慢慢清净吧，到时候可别在我面前哭！"玲娅转过头去不理晨诺了，美美也对她视而不见。

晨诺的脑子里惊涛骇浪一波未平一波又起，也许她们说得对呢？可谁又知道他是真心还是假意？等假期结束晨阳到校了，她又该怎么解释？虽然晨阳可能根本就不关心她是不是谈恋爱。

晨诺拿着镜子，看着镜中怎么看都不顺眼的人，想象自己一天到晚强装出来的骄傲，才发现真的好无聊！美美和玲娅都有自己独特的个性，而她自己什么都不是，什么都没有！如果威尧要放手，那是对的，让他去吧！至于

玲娅和美美，有些事情她们永远无法理解。

威尧对晨诺爱理不理，却肯和玲娅在网上聊天。晨诺也只能看着。

威尧：我已经不想这样做无用功了。更不想让她看见我就心烦。这无疑是伤害她。

"也不想想自己有没有能力让别人为你伤心！真是自信过头！"晨诺在心里嘀咕。

玲娅：那你对她是真心的吗？

威尧：是！

玲娅：既然是真心的，那伤害又从何而来？

威尧：因为我看得出来，她和我一起并不快乐！我不想再勉强了。

玲娅：那你现在离开她，她就不受伤吗？你怎么知道她很勉强呢？我可从没见过她和哪个男生走得这么近过。

"我有在意他吗？鬼才会在意他呢！"晨诺低声对玲娅吼着，而她却不以为意，继续和威尧聊天。

威尧：我好矛盾，我不希望把两个人都搞得那么难受。

玲娅：你自己跟她说吧！

玲娅说完，抱歉地对晨诺笑笑，就下了线，拉着美美准备溜之大吉，留晨诺自己去研究到底要不要和钟威尧继续。

"姐姐，你干吗？为什么走这么急？"晨诺拉住她们。

"自己的事情自己做！"两人异口同声，转身离去。

晨诺：你真的认为我们不合适吗？（她还不想把一切都往自己身上揽。）

威尧：难道你不是这么想的吗？

晨诺：我有说过"不合适"这三个字吗？你不要这么自以为是好不好？（晨诺感觉自己的脸比秋天的苹果还红。）

威尧：也许吧！

晨诺：你觉得在网上说话很好吗？（她明白一下子是很难说明白了。）

威尧：不觉得，你有什么好建议？

晨诺：我的"天涯海角"很不错，我们可以去那里走走。

威尧：好。

第二十三章 天涯海角

看见"好"，晨诺下意识地松了口气，仿佛在担心他会拒绝和她见面。如果决定走出萧晨阳的噩梦，就应该试着去接受他，也许这是最好的选择。

和威尧坐在公交车上，周围的空气有种被冻结的感觉，也许他这次是真的铁了心了。晨诺只好厚着脸皮，没话找话。

"威尧，你以前谈过恋爱吗？"在这样的气氛中讨论人家的恋爱史，她自己都觉得怪。

"没有，我并不讨人喜欢，你很清楚。"

"其实，我也挺讨人厌的。"晨诺低头盯着自己的脚尖，不敢让他看见自己的表情。

"但你专横的样子也挺好看的。"

"哦。"晨诺还是不知道该怎么继续，过了几分钟，她再次开口了，"你装蠢的样子也很逗，我估计除了我这白痴，谁都骗不了。"这是她这么久以来说得最真心的一句话了。

"我真的不是装，只是见到你，手脚就不听使唤了。不过，我是很蠢，这么久了还是没法让你开心。"

"我一直都很开心，你督促我吃饭、添衣，陪我玩，送我回去，感觉都很温暖，真的。"晨诺实在是不习惯和他说这样的话。说着说着，她又不自觉地想到了晨阳，他一直对她很好，很温柔而且是一味地、不求回报地对她好！

当然也许只是哥哥对妹妹的好而已，就像大多数家庭那样。晨诺突然有种想哭的感觉，很多年了，她都以为自己已经忘记了哭。

"那是不是代表你已经爱上我了？"他的情绪又一次快速高涨。

看着他期望的眼睛，她惭愧地低下头，在内心深处，她并不知道自己是否喜欢他，她只知道自己不想和他绝交。

"你到底看中我什么？"

"你神秘忧郁，我真的好想知道，为什么一个这么漂亮的女生要那么忧郁？"

听到这里，晨诺强忍泪水，却无法跟他解释。

"可能是你的错觉。"为了不至于失态，她快速地转换了话题，"我带你去我的'天涯海角'，我很喜欢那里的太阳雨，可以给人无限幻想的空间。"

"还有多远？"威尧好奇地问道。

"终点站，稍走一点就好了。看你这么担心，是怕我把你骗到郊外劫财又劫色？"晨诺试图让气氛活跃点。

"好怕怕！"威尧转换角色比她想象的要快。

谈笑间公交到了终点站，晨诺欢快地下车，冲着一片无人的海滩奔去。

"到了！我都听见海浪的声音了！"晨诺似乎有点兴奋过度。

"我也听见了，终于到了，啊！"威尧更加兴奋，一边冲着大海大喊，一边狂奔。

"威尧，那里有个废污水坑！"晨诺跟在威尧背后提醒他小心，省得自己也跟着他倒霉。

"啊！"威尧没事，倒是晨诺自己跌了个大跟斗。

"呵呵，原来有些人比我更需要小心啊！来，我背你过去！"

"谁要你背？我自己有脚，这次我摔了你背我过去，那下次我自己爬过去吗？我才不要连走路都依赖别人呢？到时候你不理我了怎么办啊？"

"我有说过不理你吗？"说着背起了她。

"我还是自己走吧，前面这段路……"到一片杂草地，晨诺开始担心路太难走了。

"你是心疼我了？我还真怕把你摔坏了，这哪叫路？不会有蛇吧？"他试图吓唬她。

"不会的。"

所谓的"天涯海角"不过是一片荒滩。晨诺刚来 Z 大的时候，几个姐妹百无聊赖坐着公交车瞎逛，意外发现了这个人迹罕至、景色优美的 U 型海滩。这里的海水清澈见底，两边都是山崖，海水不停拍打着石壁，发出阵阵荡气回肠的怒吼。潮起潮落，冲刷出了这么一片洁白无瑕的海滩，或许是山坡和茂盛的植物挡住了人们的视线，这里居然鲜少有游人过来。

"这里的空气很新鲜，这里的沙滩很特别，有波光粼粼的江面，有可爱的小鸟在那边，还有爱……"

唱到这一句，晨诺便不自觉地闭上了嘴，她最害怕的就是讨论这个话题了。

"怎么了？干吗停下？挺好听的啊！你说这里怎么这么好？我的家乡比这儿，可差远了！"

"不好我会自定义为'天涯海角'吗？我的家乡更美，那里还是自然风景区呢！"

"有意思，我要在这里搭个小房子，每天划船到海上去打鱼，这里有鱼吗？"

"看那边。"晨诺指了指远处的一艘渔船。

"喂！大叔，带上我！"

"省省吧！人家根本听不见！我们再走一点吧！上面有很多湿地，可以看见很多漂亮的海鸟。"

"那都是些什么鸟啊？我怎么从没见过？"

"有些长居的水鸟，也有些暂住的候鸟，你觉得你是水鸟呢？还是候鸟啊？哦，对了，你是菜鸟！"

"菜鸟也是鸟啊！还有太阳雨，在哪儿呢？"

"这要天时、地利加人和，我们等吧！"

威尧点点头，随意地躺在一块草滩上，她倚着他的肩，任由他的体味侵袭全身，稳重的心跳透着强健的讯息。原来，倚着他的肩膀，感觉竟这么好！她不自觉地陶醉了。

"好多鸟啊！"威尧轻声地唤醒沉醉的她，她轻轻地睁开眼睛，一群来自远方的候鸟纷纷停在附近的草滩上，很愉快地叫出声。

"这是飞累了的候鸟，我从小就看着它们飞离故乡，而后，又盼着它们飞回去，现在看着它们飞过来，不久它们就会飞回去。我们也跟它们一样，到了季节，就会离去。"

"我不会离开你的，将来我们在这儿盖个房子，我就打鱼，你要辛苦点，洗衣、做饭还得带孩子哦！"威尧说得跟真的一样，晨诺傻傻地低下了头，她多么希望，说这话的是萧晨阳。

"你为什么不说话？我真的不会离开你的！相信我好不好啊？"威尧使劲搂住她，拼命承诺着。她的眼泪再一次面临决堤，他陶醉于美景，根本就不明白她想的是谁。

"你想象一下，如果你每天面对一个随时会想起别人的人，你能接受吗？"

"只要能天天待在喜欢的人身边，我才不管她会想谁！我会一如既往地对她好！直到她有一天爱上我！"

"哦。"晨诺下意识地低下了头，她不能拒绝！他对她的诱惑，真的好大！那么美的承诺，是她祈盼的梦境！

太阳已经西斜，阳光洒在江面上，太阳的光线像雨点一样从天上掉下来，跟下雨一样，只是这样的雨五光十色，精彩绚烂！

看完太阳雨，威尧找了半天，好不容易找到一根够长的草，他说那根最漂亮，似乎想为她编一个戒指，但是没成功。下午的阳光暖暖地，带着伤。

第二十四章 新欢旧爱

国庆很快就结束了，萧晨阳也该返校了，晨诺并未去车站接他，却在校门口守了一天，她不明白自己到底在等什么。来不及想清楚，他已经出现在她面前了。

"小诺！在等我吗？谢谢你了！"他显得有些兴奋。

"嗯！不用。"一向聪明伶俐的她，也只有在他面前，才会不知道该说些什么。

"这段时间过得还好吗？"他小心地询问。

"嗯，就是玩得有点累。"晨诺不自觉地垂下头，像个做错事的小孩，他马上就将她的这点破绽抓住了。

"认识新朋友了？我可以见见他吗？"

"嗯。"看着他表现出来的平淡，她突然感到很心痛，只随着他慢慢地往男生宿舍走去。

在宿舍待了一天的威尧，终于探头探脑地溜了下来，一抬头，就看见了自己的哥们和自己心爱的女孩在一起。

"威尧！""晨阳！"两人同时叫出了对方的名字。

"你们？认识吗？"晨诺有些莫名其妙。

"当然了，我们班第一帅，我最好的哥们儿，就是他了，你怎么会和晨阳认识的？老实交代！"威尧调皮地捏捏她的鼻子，她吓得赶紧躲开了。

"他，他是我表哥。"晨诺把头埋得低低的，不敢抬头，声音小得她自己几乎都听不见。但萧晨阳却听见了，一双惊讶的眼睛让她无处藏身，最后他才缓缓开口。

"哦，对！我妈和她的妈妈是姐妹，你们怎么认识的？"他始终是那么平静，就连晨诺说他是表哥，他也能接受。

"我也不知道谁先遇到谁，反正就是遇到了，她现在是我老婆，原来你还有个如此漂亮的表妹，也不早告诉我们一声，太过分了啊！"威尧得意地伸手过来搂她，她下意识地躲开了，头埋得更低了，她能感觉到晨阳的眼神里的平静和冷漠。

"怎么了？见到表哥就不好意思了？晨阳是我哥们儿，我相信他是不会反对我们的！对吧？他表哥？"威尧惊愕了半分钟，随即又笑开了。

"谁让你叫的啦？"晨诺一听威尧叫晨阳表哥便急了。

"怎么了？不对吗？你是我的老婆，你表哥当然是我表哥了！对吧？晨阳，你这表妹挺凶的哦！"

"是吗？能让她凶你也不简单啊！"面对威尧的兴奋，晨阳只是冷冷地附和着，而她却羞愧得不敢抬头。他只是她哥，她一直都知道他会这么对待她的感情问题，只是当他真的这么做的时候，她还是会觉得很受伤。

"威尧，你先陪他去把行李放了，我等你去散步！好吗？"晨诺无比温情地望着威尧，她想让晨阳看看她现在过得有多幸福。萧晨阳的目光更加暗淡，拿着东西与她擦肩而过。

威尧则吓得后退了两步，他很奇怪晨诺180度的态度大转变，他从没见过她这样，他不懂这对表兄妹到底怎么回事，也不知道该怎么问，见晨阳已经走开了，便慌忙跟了上去。

等到他们都走了，晨诺无力地坐到花坛上，连她自己都不明白为什么会那么害怕、那么矛盾，她明明知道晨阳不会在意这些的，可她还是想要在他面前保持一个孤单的需要他呵护的形象。

正当她心思百转之际，萧晨阳和钟威尧已经出现在她面前了。

"小诺，你怎么啦？你的脸色好难看！"晨阳担心地问。

"哦，没什么啦！是我自己想多了！"她用手将脸捂住，生怕被他看穿。

"你都想了些什么？"威尧穷追不舍。

"没什么啦！"

"威尧，你等一下，我有话对晨诺说。"晨阳不等她反应过来，便拉着他来到一处墙角。

"小诺，告诉我，这到底怎么回事？"他的眼神少了几许温柔多了一些薄怒。

"你是问表哥的事情吗？我随便说的。"她还是忍不住要隐藏。

"你知道我问的不是这个，你和威尧怎么会认识的？"

"我替朋友跟他打赌，输了就答应他做我男朋友。"晨诺无力地坦白。

"你喜欢他吗？"他火热的双眸紧盯着她。

"喜欢，好久没有人对我那么好了。"她有种被审判的感觉，她在心里请求他不要继续问了。

"我知道我对你不够好，但你也不能随便找个人谈恋爱呀！"他此刻的表情就跟一个受伤的小孩一样，不过他为什么会为这样的事情受伤呢？一定是她看错了！

"他和你不是朋友吗？难道他不好吗？"她努力用平静的语气来支撑自己的坚强。

"他很好，但……"晨阳语塞了。

"我已经成年了，我有权利选择和谁恋爱，没错吧？"明明知道他不会在意她的感情归属，但是她还是觉得自己在伤害他。

"你没错，是我错了！"他抬头看天，她知道他那是在生气。现在，有了钟威尧，她必须强迫自己学着放下。

"你也没错，错的是你为什么是我爸的儿子！"

"你怎么可以这样说呢？"他不相信自己的耳朵似的凝望着她。

"威尧还在等我。"晨诺转身朝钟威尧走去，眼泪却忍不住流了下来。

"晨诺你怎么哭了？是不是萧晨阳欺负你了？我揍他！"威尧从她的脸上拭下一滴眼泪，作势就要去找晨阳算账。

"才不是他呢！我只是眼睛有点怕风。"她撒了一个不像话的谎。

"哦，对了，你姨父也姓萧吗？你表哥的名字怎么和你一排啊？太奇

怪了！"

"对啊！我们爸爸都姓萧，有什么好奇怪的？"她再次不由自主地低下头。晨阳过来了，她不敢看他茫然的脸。

"喂，萧晨阳你什么意思嘛！你该不会想反对我跟晨诺交往吧？你要敢搞破坏，我们的兄弟情就到头了！"

"当然不是了，只要她喜欢，我是绝对不会反对的！她一直不太喜欢和我玩，所以你也没什么机会看见她。她和你在一起的时候，一定笑得很甜吧？"晨阳说得轻描淡写，他哪里知道这才是对晨诺最大的伤害。

"当然了，但是一见你她就哭了！"威尧还是不依不饶。

"你们有完没完啊！"晨诺实在不希望他们两个继续下去了，转身走开了。

见晨诺生气，晨阳和威尧都不再出声了。晨诺督促自己一定要尽力和威尧发展，对晨阳那份不切实际的情感将会成为一个永远的秘密。

第二十五章 姐妹跟爱人

话说晨诺被威尧和晨阳弄得无法喘息的这段时间，玲娅则不知道在和谁一块瞎逛，美美和毛毛雨的来往也十分频繁，美美喜欢毛毛雨，晨诺一早就已经看出来了。

一条不知名的小道上，美美正在和毛毛雨散步。

美美："你最近在做什么？我怎么感觉你好像挺忙的。"

毛毛雨："你问这话是不是怪我没好好陪你啊？"

美美："也不是啦，我能理解的，你快要回去了吗？"

毛毛雨："你别胡思乱想，跟晨诺多学点好习惯。"

美美："晨诺又和你见面了吗？你怎么知道她有多好？"

毛毛雨："一眼就看得出来啊！文文静静的，只是不知道她的眼睛里为什么都是愁绪？你不会从没注意过吧？"

美美："我当然知道了，想不到你还这么会观察人哦！"

夏季的燥热才刚刚过去，秋天的傍晚就显得格外清凉，妩媚的夕阳，映出点点浪漫的气息。在这浪漫的环境里，应该会有点什么浪漫诞生吧！但是美美和毛毛雨没有，因为他们的话题总围着萧晨诺，扯开又会回来。

白天她们三个姐妹花，各自去忙活，只有到了夜晚才倦鸟归巢。杨玲娅也不知道从哪里得到的小道消息，晨诺刚一进门，便被她拉过去核对事实。

"晨诺，从实招来，你是不是偷偷藏了个帅气的表哥？"她问这话那架势

就跟逮了个重案犯罪嫌疑人似的。

"什么叫藏啊？你们也没问我有没有表哥啊？"晨诺调皮地逗她。

"那还不让我见一见你那位帅表哥！"

"得了吧你！我怕他打击你幼小而脆弱的心灵！"

"我只是看一下，看能不能认识个朋友，没什么错吧？"

"是没错，但是我怕你会受不了他。"

"晨诺你在想些什么？难道你连给我看一眼都不舍得啊？"

"才不是啦！只是他不是很合群，我怕你们和不来。"她都不明白自己到底在说什么，晨阳那么受欢迎，怎么可能会和别人和不来？

"你放心啦！我这人什么都不好，就是有一点，人缘好。"玲娅看来是志在必得。

"好吧，我明天就帮你引荐。"晨诺终于还是投降了。

"谢谢！"玲娅兴奋地去睡了，晨诺心底依旧很难平静，窗外有很多候鸟在飞蹿，或许萧晨阳只是她生命里暂停的一只候鸟，注定会飞走的。

天知道她萧晨诺何时染上了守在男生宿舍门口等人的习惯，直到她们快没有耐心的时候，他们终于出来了。

"两位帅哥早上好啊！"玲娅精心装扮了的脸上笑颜如花。

"早上好。"萧晨阳礼貌地回道，晨诺看见玲娅眼睛都直了。

"不好，我等得花儿都谢了。"晨诺嘟囔着。

"幸会。"晨阳怪怪地瞄了晨诺一眼，她给他介绍女孩的用心，他也猜得七七八八，无奈地伸出手去。

玲娅不愧是不败的女主角，她这回真有点服了，要知道萧晨阳可是从来不跟小女生打交道的，当然除了萧晨诺。

"二位，有什么安排吗？"为了不让他把自己揪出去，晨诺连忙转移话题。

"哦，有，打篮球去。"威尧接过话头。

"那我们走吧！"晨诺接过球，便直奔球场，她心中的球神也该亮相了吧？她从小到大都偷偷看晨阳打球，还没真正跟他打过一局呢！

晨诺不怕死地想挑战威尧和晨阳，随便在场上拉两个帅哥，便开局了。玲娅则巴巴地跟着晨阳他们转。

也不知道钟威尧那小子是不是吃错药了，她这边的两个帅哥居然一点用都没有！更可恶的是，玲娅在这时候还来挑逗她。

"晨诺加油，你要是赢了，我给你买个布娃娃。"

"你们能不能别做得这么绝？"

晨诺快要恼羞成怒了，差点连球都摸不到。

"你们太过分了，我不玩了。"晨诺转身就走，头也不回，钟威尧要是不追过去，今天就别指望她理他了。

"晨诺，等我一下！"威尧从后面大喊。

"你来干什么？"她忍不住往他后面看了一眼，可惜晨阳没来。

"我来看看你有没有生气。"威尧很老实地说着。

"是吗？可我感觉像是我惹到你了啊。"

"别这样嘛，我也是情非得已啊，老婆都要被人拐走了，我能干看着不去抢回来吗？"威尧就是爱油腔滑调，何况晨诺和别的帅哥搭档，本身就是对他的打击。

"那你也别让我输得那么惨嘛。"晨诺理亏地低下了头。

"在那样的情况下，我能让吗？我还没怪你弃夫投敌呢？"他继续扮演受害者的角色。

"你能不能别老公老婆的，我们还没到那地步吧？你就不可以牺牲点，满足我的虚荣心吗？"

"你还说呢，玲娅和晨阳都笑我管不住你呢！"威尧噘着嘴。

"哦。"她恍然大悟地点点头，原来是那两个人在煽风点火。

晨诺慢慢跟着威尧返回球场，玲娅正在和晨阳闲聊着什么，晨诺的心隐隐地痛，但她还是为有这样的发展而高兴。

"好了，我们去宿舍放东西，你们在这里等着。OK？"

"希望你们别让我苦等80分钟！"

"你现在是不是没有谈条件的权利啊？"威尧看她一眼，看来他真拿她当俘虏了，连谈条件的权利都剥削。

"拿好了，专门带给你吃的，晨阳的福橘，别让他抢走了哦！"威尧急急地交代着，晨诺这样的俘虏还是当得挺值得，毕竟还有大橘子吃嘛。威尧说着，

不经意地点起一支烟，呛得她咳了一阵。

"你很不喜欢吗？"他认真地问。

"那还用说，臭死了！"她不满地捂着鼻子。

"既然你不喜欢，我就灭了它吧！"

"嗯？我记得有人说了好几次都没戒掉哦！"

"那并不代表现在也不行啊！"

"鬼才相信你的话！"

"那我要是戒掉了，你就嫁给我呗？"威尧半开玩笑半认真地盯着晨诺。

"好啊。"晨诺不假思索地回答，除了萧晨阳，嫁谁不是嫁，再说他不一定戒得掉。

"好，你说的，我这盒都不要了！"

威尧随即便把烟丢进了垃圾桶，打火机也放进了晨诺的口袋，她这下倒真得为自己的下半辈子担心了。

第二十六章 又见天涯海角

　　和威尧悠闲地走在他们的"天涯海角"，阳光还是一如既往的明媚，这里还和前些天一样，不一样的是这一次他们带了很多零食。

　　时间在浪漫的情调中度过，有个人偷偷地做了些小动作。

　　"晨诺，你在干吗呢？"威尧奇怪地问。

　　"我，没，没干吗啊。"晨诺慌张地答。

　　"还没干吗？你玩我的鞋呀？沙子、草，还有这些不明物体，你想谋杀亲夫吗？"威尧眼睛睁得大大的。

　　"我只是想看看你穿上它会有什么感觉。"

　　"你敢算计我？好你个萧晨诺，你等着，看我怎么收拾你！"威尧话音刚落就伸手挠起了她的痒痒。

　　"啊！不准再挠痒痒！"晨诺不得不求饶了。

　　回程的路上，萧晨诺好好地走个路，竟被石头绊倒了，而且脚也扭伤了，开始还不是很痛，她硬撑着不让他看见自己有多狼狈。

　　丁零零……下课了！晨诺这才发现，脚已经痛到站不起来了，等了老半天，威尧才出现在她面前，晨阳也来了。

　　"你怎么回事，我们在教室等了你很久啦，怎么还不走？"威尧责怪着。晨诺一抬头，正好迎上晨阳怪异的眼神，是关心还是怜惜？她不懂，也无须懂。

　　"干什么凶啊？我又不是没等过你，人家做作业嘛！"她避开晨阳的目光，

不满地跟威尧贫嘴。

"别听她瞎掰，她的脚都站不起来了！"玲娅突然在旁边插上一句。

"脚怎么了？为什么突然不能站了？干吗不早说？"威尧追问。

"你也没问啊，我能有什么事？走吧。"晨诺负气地站起身来，一跛一跛地往楼下走。

"啊！"楼梯还没下到一半晨诺就在惨叫中倒下了，本来脚就很痛，现在还踢到了东西。

晨诺尚未反应过来，钟威尧已经把她背到背上，看见众人惊讶的脸和萧晨阳怪异的目光，她十分不自在，想挣脱，但是威尧可不是吃素的。

一路上，女生们投来的目光，大大地满足了她的虚荣心，原来被人羡慕的感觉挺爽的。

"威尧，你不要紧吧？累不累？让我自己走吧！"

"干什么，怕了？他们都不怕，你有什么不好意思的？"他一眼就看穿了她那点小心思。

"你觉得天下有什么事情是我害怕的吗？我只是关心你，怕你累，真是根木头，一点都不了解人家心意。"

"哦，这样啊，你忘了你体重才多少，想找机会关心我，你就把自己吃胖点吧！"

"知道我要多吃，还抢我巧克力？"

"那东西长的肉不结实！"

"随你怎么说。"

威尧轻轻把她放下来，晨诺这才发现他的额上全是汗，她倍感惭愧。晨阳、玲娅和美美一起走过来，晨阳的眼神更怪了。晨诺避开他的目光，直接回宿舍了。

"被人背的感觉是不是很开心啊？你表哥人挺好的，介绍给我，你没有舍不得吧？"杨玲娅也不拐弯抹角。

"不是啦，我只是希望你别太直接，他那人一向都比较含蓄！"

晨诺忍不住望向窗外，虽然这一切本就是她的初衷，但仍忍不住心痛。

第二十七章 危险酝酿中

都是玲娅啦！非得拉着她问东问西，现在好了，起晚了吧！她本来想全速奔跑，但那只伤脚却极不配合，拼命赶到操场，还是迟了一分钟，应该不要紧吧！

不料被罚了 50 个俯卧撑，跑步 2000 米，就当作锻炼身体好了。但她为什么又赶上主任视察？那一双双失望的眼睛让她巴不得找个地方藏起来，而且还弄得浑身疼痛，举步维艰。

美美和玲娅迟到怕为难就干脆没去。

她俩为了弥补晨诺，干脆叫上威尧和晨阳一起去网吧玩。晨诺不喜欢打游戏，干脆找昔日的网友聊天，凑巧毛毛雨的头像闪了起来。

毛毛雨：你最近还好吗？

晨诺：还可以。

毛毛雨：和你的男朋友处得怎么样？

晨诺；不算好，也不算坏。

这时威尧把头伸过来，看看晨诺，又看看毛毛雨的发言，脸色有了些微的变化。

毛毛雨：遇到什么事情了吗？告诉我吧，你是美美的朋友，也就是我的好朋友。

晨诺：你说，如果我是鱼，身边人是候鸟，那么他是不是总有一天会离

开呢？

毛毛雨：如果你是鱼，世人都是过客，那也会有一只鸟儿愿意为你长留，比如说我。

这时，威尧又伸出头来，晨诺情急之下便冲他喊道："你敢看，我就跟你绝交！"话一出口，她马上后悔了，因为威尧的脸色铁青，站起身来，头也不回地走出了网吧。莫名其妙，有必要生这么大的气吗？哎，管不了那么多了，先去看看他吧！

走到外面，看着熟悉的大街透出的陌生气息，晨诺紧张了，威尧是真生气了，一个人走了。晨诺飞快地找寻着他的身影，大街、教室、宿舍、操场、台球室，但凡能想到的，她都找了，但他却像从世界上蒸发了一样。

天空开始飘起细雨，晨诺走在街边，看着雨帘，就像她心里的泪珠，虽然她并不知道自己是不是喜欢钟威尧，但他在她心中真的很重要，她无论如何都不希望看见他伤心！因为他真的让她觉得快乐！细雨渐渐浸湿她的全身，她终于闻到了熟悉的味道，看见的却是一张冰冷陌生的脸。

"威尧，我以为你再也不会在我的世界里出现了！"她怕极了不告而别。不顾他的冷漠，冲上前去抱住他，如果没记错，这是她第一次主动抱一个人。

"对不起，我只是害怕你因为一个萍水相逢的人和我绝交，是我太敏感了。没想到你也会在意我。"

"你真的很敏感，毛毛雨是美美的心上人。"

"好了，对不起啦！咳咳……"

"你怎么了？感冒了吗？"

"没什么，只是不小心闻到烟草的味道了！"

"哎，你既然这么难受，还是去买盒烟吧！"

"怎么？你想耍赖吗？"知道贫就没事了。

晨诺被威尧挽着，吵吵闹闹地往回走，细雨中留下一对温馨的背影。萧晨阳从墙角转出来，任凭雨打在脸上，他比钟威尧更早一步来到这里，她一出门，他便跟了过来，黑夜里，她没有发现他。而后他来了，他们相拥，他没有一点现身的机会。他在心里轻轻地呢喃：她喜欢钟威尧，她的心里只有他，她为他着急，在她心里，自己什么都不是，所以她才会撮合他和杨玲娅，她想彻底摆脱他，那他就满足她吧！

灰蒙蒙的天空，淹没了他灰色的心。她开心，是他唯一的希望，如果她真希望他如何，他一定尽力做到。

晨诺和威尧的关系逐渐升温，晨阳对玲娅的态度忽然有了180度大转变。

"看你这瘦不拉几的样子，还不多吃点！"

威尧一边给她夹菜，一边责备着，晨诺的胃已经开始抗议了。

"大哥大姐，我已经很饱了，你们就放过我吧！"晨诺以可怜兮兮的语气，对在座的人求助，但收效甚微。

"你还是多吃点吧！我们可都是为了你好！"玲娅大言不惭。

"姐姐，我怕长你那么多肥肉耶！"

"臭丫头！"

"玲娅，你去哪里啊？"晨诺习惯性地问着。

"你们先去玩，我和美美要去买点东西。"玲娅神秘地带着美美走了，看样子她又有什么鬼主意了，而且多半是关于晨阳的！

第二十八章 情非不自禁

"我们再去打一次篮球吧？"晨诺提议道。

"怎么？你对上次的输球，还是不服气啊？好啊，那我给你个心服口服的机会。"威尧和晨阳相继进入宿舍。

晨诺在宿舍外转来转去，等他们两人。

"晨诺，又发什么呆啊？下次别站这边了，有色狼的！"

"有色狼还让我等这么久？"

"你当我们愿意啊？衣服、鞋子、袜子都不用换吗？我们已经尽量快了！"

原来不只晨阳打球的样子帅，威尧也挺棒的嘛，尤其是那一串篮板转身衔接三步上篮，整个过程一气呵成，不过几秒钟，可谓是英姿飒爽，看得晨诺赞赏有加。

晨诺忽然有个想看他们一决高下想法：一个温柔，一个霸气，不知道他们谁更厉害？

"好了，我这个球痴要坐山观虎斗了，看看到底谁最厉害！"晨诺充满期待地说。

"打就打！"威尧好像有必胜的信心。晨阳那张帅脸也显示出一贯的大无畏。晨诺实在搞不懂，她和晨阳怎么说也有一半的血缘，还在一起生活了十来年，怎么她就没有他那么好看呢？

"你们最好点到为止！"她可不希望他们任何一个人受伤。

"球场如战场，生死由命！"几乎是异口同声，真的搞不懂了至于吗？

两个大相径庭的人就这么斗了起来，晨诺在一边大饱眼福，但是，当晨阳左手抓到球，正准备出禁区时，一只脚却极不凑巧地勾到了威尧的脚上，就这样，两个做急速运动的人同时倒地。

晨诺看见两人倒地，顿时傻了眼，来不及多想，直奔向晨阳。

"晨阳，你有没有受伤？要不要紧？脚有扭到吗？别担心，我去给你找冰块！"晨诺飞快地跑到小卖部，问主人要了些冰块，又飞奔回到晨阳身边。

"来，先冰敷，过一会再热敷，让我看看还有没有地方受伤，都是我不好，没事干吗要看你打球嘛！"晨诺一边忙活一边心痛，还不住地责备自己。

"你真的这么担心我吗？我早就不痛了，真的，看见你为我着急，我好开心，谢谢你！"晨阳深情地望着晨诺那无法闪躲的眸子。

"咳——"一声咳嗽打断了他们，晨诺回头，威尧一脸不悦，膝盖还流着血。

"天！你流血了！对不起，对不起，我刚才太着急，没有注意到你……"晨诺又快速地冲到威尧身边，检查他的伤势。

"如果我不提醒你，你是不是一直都不会发现我？你为他着急，所以没有注意到我，对吗？他只是你表哥吧？那我是什么呢？"这回，威尧是真的生气了，他倒下的时候巴巴地期盼她会朝自己跑过来，结果她却朝他飞了过去。他早就怀疑他们这对表兄妹有问题了，今天他实在忍不下去了。

"对不起，我……"晨诺无言以对，连她自己都不敢相信，她会不假思索地向晨阳奔去。按理说她早就已经决定要放弃了，还希望他和玲娅会有发展……要知道他是她的哥哥，对，或许这只是因为血脉相连！

"威尧，你别生气好吗？现在我们去包扎一下，到时候你要怎么处置我，我都没有怨言！好不好？"晨诺几乎是用恳求的语气对他说，他如果不去医务室处理伤口会出大问题的。

"不要！"威尧甩开她的手，她无奈地杵在那里。晨阳无奈地勾起一抹笑，起身扶起威尧。

"兄弟，我知道你在气什么，等你包扎好伤口，我会给你一个合理的解释，别让晨诺为难，拜托！"他的声音里是那种让她心痛的恳切。威尧看着她，

无奈地起身，晨阳和晨诺怯怯地跟在后面。

"别担心，不会有事的。"晨阳柔声道。威尧瞪了他们一眼，火气明显又大了几分。

还好威尧伤得不重，等包扎好了，就没多大事情了。看着他们各自回去，晨诺心里说不出的郁闷，她该怎么办呢？每天故意在晨阳面前装得很自然很开心的样子，以为这样就可以让自己忘记喜欢的人是他，可是当看见他有危险的时候，她还是那样心痛，那样奋不顾身。威尧对她那么好，可是，她却不断地在伤害他，她现在像个失重的不倒翁不断地摇摇晃晃，自己都不知道该倒向哪一方。

其实她也知道威尧该生气，她也知道自己该向着威尧，可她就是控制不了自己的不由自主，她不由自主地想他，不由自主地为他失去理智，她对他的感情完全不由她控制。

晨诺思来想去，决定要跟威尧解释清楚。

晨诺：对不起。

威尧：对不起什么？是因为你明明喜欢你那个什么表哥，却假装没有吗？还是因为放着自己的男朋友不理，却去关心自己的旧情人？

晨诺：威尧，你别这样，他是我哥，我应该关心他的。再说，我们又不会怎么样？

威尧：谁知道你们到底是不是表兄妹。再说了，表哥而已，有感情也是很正常的。

晨诺：钟威尧，你别瞎说，我是真的希望可以和你在一起！我跟晨阳的感情，你不懂。

威尧：我是不懂，那你告诉我啊。

晨诺：不要逼我。

威尧：对不起。

晨诺：你到底要逼我说什么？

威尧：你不是说你们的感情我不懂吗？那你给我说明白，别告诉我你们相互暗恋、变态，我受不起那样的打击。

晨诺：我就是个变态，我们分手吧。

晨诺没有等威尧的回音，便下线了。她也不想放弃喜欢自己的人，可是，她能怎么办呢！威尧又不傻，每次她看晨阳的时候，他都很生气，而且当时说他们是表亲，现在又说他们是亲兄妹，他哪里会相信？

或许她是真的疯了。不知不觉，她又来到晨阳的门前了。

"我们分手了。"晨诺低声说着，她都不知道自己为什么要告诉晨阳这些。

"为什么会这样？你不是挺喜欢他的吗？好好跟他解释一下就好了！我们是兄妹，虽然你不愿意要我这个哥哥，可是我一直都当你是我最亲爱的妹妹呀！"晨阳焦急地说。晨诺的心开始滴血，他还是不懂她对他的感情，就算她为他失去了威尧，还是只当她是个任性的妹妹，也许他白天说"看见她为他担心，他很开心"也只是以为她承认了他这个哥哥吧！

晨诺精神恍惚，连晨阳说了些什么都听不清楚了，但有一点她还是听明白了，那就是：晨阳只当她是妹妹。

夜深人静的时候，晨诺还在想晨阳，想他说的话，想自己有多荒唐。她也会想威尧，想他有多无辜，想他带给自己的那些快乐。她真的很讨厌自己，她不仅荒唐，而且无耻，她已经不知道该怎么去面对这里的一切，她害怕让大家知道她的秘密。

也许只有离开，才会好一些，哪怕，这样会让她失去威尧和晨阳，哪怕她会因此而心痛。一边痛苦挣扎，一边在网上浏览，试图找到可以去的地方，很快，晨诺就有了方向。

第二十九章 转学

晨诺不见了，没有告诉任何人，趁着没有人注意的时间，办好了所有手续，收拾了一些随身物品，不告而别。没有人知道她去了哪里，也没人知道她为什么要突然离开，她就这样从 Z 大消失了。

萧晨阳和钟威尧听说晨诺失踪的瞬间，都差点晕倒，但是很快，他们就清醒过来，带着玲娅、美美以及他们的众多朋友，把能想到的地方都找了，最后晨阳以兄长的身份，到学校去给她请了长病假，这才知道她已经办理了转学。至于转去了哪里，她临走时申请保密，所以校方表示不便告知。

晨阳打电话回家，旁敲侧击试图获取一些有用的线索，但是王银似乎一无所知，晨阳也没把晨诺转学的事告诉妈妈。这些年，妈妈为他们两个操碎了心，他不想让她再担心了，他相信凭他的能力，一定能把晨诺找回来的。何况，晨诺是自己转学，不会有什么危险，他相信等她想明白，自己就会回来的。他的晨诺从来都是一个善解人意的好女孩，一定不会就这样丢下大家不管的。

陌生的城市、陌生的校园、陌生的人，这陌生的一切告诉萧晨诺：在这里，她将会成为一个真正独立的个体，没有萧晨阳，没有钟威尧，没人知道她的秘密。虽然偶尔会有些想晨阳，想威尧，想美美，想玲娅，尤其是玲娅，长这么大，除了晨阳，就只有她能看出自己的心中有泪。

当初晨诺发现晨阳和她在同一所学校的时候，其实心里是庆幸的，只是想不到，现在离开那里，还是因为他。这一次她是真的选择离开，只有这样，才能保全他和自己，何况离开了，她就可以过自己的生活了，这样大家都可以过上正常的生活。

萧晨诺的新学校是自主招生的艺术学校 G 大，虽然不如 Z 大综合实力强，但也是个不错的大学。晨诺在网上看见 G 大的招生简章，就赶紧提交了申请表，她提交的作品很出色，综合成绩又好，虽然早过了招生时间，但学校还是马上联系她面试。一切都很顺利，她拿着录取通知书去 Z 大校务处办理了转学手续，因为已经是成年人，她拒绝了学校联系家长的要求，独自完成了所有事宜。

或许是因为最近发生的事情太多，大家都没有注意到晨诺的举动，也或许是因为她本就没那么引人注目，总之，她走的时候也没有受到任何干扰，甚至，没有人问过一句。晨诺本想好好跟大家道别，但是为免不必要的尴尬，还是作罢，最后只留下寥寥几字：我走了，有缘再见，一切安好，无须记挂。

新学校面积不算大，但是环境很好，比以前的学校要气派要豪华。虽然是艺术学院，但是晨诺没有学音乐或者表演，她自认为没有那样的天赋，申请的专业就是广播电视编导，提交的作品是自己闲来无事写的舞台剧本。她的梦想其实是当作家，不过，编剧应该也差不多吧。

晨诺没有什么怪脾气，适应得也比较快，虽然暂时还没有什么特别好的朋友，但和大家相处得都还不错。闲来没事，她便到校园各处走走，有生以来她第一次感觉到一个人能这么好。

G 大的费用要比 Z 大高很多，Z 大退给她的学费加上王银开学时一次性打到她卡里的生活费，在办完入学手续后就所剩不多了，而且学校宿舍住不下，她还得自己去找房子。

"萧晨诺？"身后传来一个不确定的声音。晨诺回头，一个似曾相识人的出现在她面前。

"你认识我吗？你是哪个班的同学？"晨诺小心地问道，男孩的脸色暗了一下，随即又笑了起来。

"你认不出我来了吗？我们见过的啊。"他好像在掩饰着什么。

"是吗？我想不起来了，对不起，我刚到这里来，一下子要记住这么多人

有一定困难，你能理解吧？"

"当然可以理解，能在这里遇到你，简直就是奇迹，你学什么的？"

"编导，你还没告诉我你的名字呢。"

"好巧，我也是，我叫江星海，请问诺妹妹到这里还习惯吗？有没有什么需要帮忙的？"他似乎是询问，但又没有什么可以回旋的余地。

"我习惯不了的东西不多，不过倒真有一件事情想请你帮忙，当然，如果你为难就算了。"晨诺原本不是很习惯他那样亲昵的称呼，不过自从离开了Z城，她也不会计较太多了。

"你说吧，不管什么事情，只要能做到我一定帮你搞定！"他说话的口气带着点狂妄和骄傲。

"你知道这附近哪里可以租房吗？我到校晚，宿舍都住满了，对这里又不是很了解。"晨诺很客气地跟他说。

"这好办，但是就怕你不答应，如果你愿意，我还可以免除你的房租。"江星海小心地说着，一副生怕她拒绝的样子。

"可能吗？怎么会有不要房租的房子？能物美价廉就是很好了。"

"我家。"星海声音轻快，但还是吓了晨诺一跳。

"你说什么？"她不由自主地愣了，在这样的情况下，她不得不怀疑自己的耳朵有问题。

"我，我是说，你可以搬到我家去住，我家很大，空房间也很多。"他刚刚的狂妄变成了一种不自信，谁会请一个刚刚认识的女同学到自己家里去住呢？

"你家是搞房地产生意的吗？怎么会随便就给人住？"晨诺还没弄清楚状况。

"不是。"星海低下了头，像个做错事情的孩子，脸也有点红了。

"那我怎么可以随便搬进去住？"晨诺更奇怪了。

"我爸爸有个小公司，我们家房子有点大，但平时就我和我妈还有个阿姨住，我妈脾气很好，爸爸很少在家，家里总是冷冷清清的。你过去住他们都会很高兴的。"星海尽量把条件说清楚。

"这不是重点，问题的关键是，我为什么要搬到你家去住？你又为什么要我搬到你家去住？"对于他的答非所问，晨诺已经有点郁闷了。

"嗯，我想我妈会很喜欢你的，你们可以聊聊天什么的，我一直不会哄妈妈开心，但是我相信你一定可以的，我想你去，只是想找个人哄我妈开心。就当是帮我一个忙，你可以在那里受到很好的招待，如果你觉得这是一份工作的话，我还可以按月给你工资。"江星海说得轻松极了，晨诺却听得嘴都合不上了。

"你想包养我啊？"天下哪有这种事情，多半是个陷阱。

"不是，不是！我怎么会是那种人。我只是单纯地想帮你。你不是既没地方住，又没什么钱吗？这附近是富人区，房子都贵着呢，如果租得太远，上课也不方便嘛。"

"喔。"晨诺被他说中要害，一时无言以对，只是不知道他怎么就知道她没钱的。不过放眼看了看四周，她马上就明白了，同学们的穿着打扮似乎都比她奢华。

"你可以解决住宿问题，我也可以多个朋友，还能够哄我妈开心，这样不是两全其美吗？"江星海面貌俊秀，有明亮的眼睛、长长的睫毛、乌亮的头发、白皙的皮肤，这样漂亮的男孩子，大概不会坏到那里去吧？晨诺暗自想着。

"说得跟真的似的，天下哪有这么好的事情。"

"这么说，你是答应了？"他惊喜地看着她。

"我先去看看吧。"就算她想拒绝也来不及了。

"太好了，我叫司机过来接我们回家。"他随手掏出一款定制手机。看来，他真的很有钱，有钱到可以随意收留她这样无处可去的人。

第三十章 刘姥姥进大观园

江星海打过电话没多久，一辆豪华的小轿车便停在了晨诺面前。

"诺妹妹，我们走吧！"星海彬彬有礼地做了个请的手势。

晨诺犹犹豫豫地跟着他上车，还好星海一路给她介绍 G 市的风土人情，大大缓解了她的紧张情绪。转过几条街道，又走了一段安静的郊区，车子在一个豪华的院子里停了下来，开满鲜花的院子，漂亮的别墅，这就是星海口中"有点大"的房子吗？晨诺忽然感觉自己在演现代版的"刘姥姥进大观园"。

"诺妹妹，我们进去吧！"站在豪华明丽的大厅里，晨诺有点分不清东西南北。

"妈妈，这是我同学萧晨诺，她们宿舍住不下了，她一个外地人在这边又没什么亲戚朋友，所以我就把她带回来借住一段时间。善良的妈妈，一定会支持我乐于助人吧？"星海撒娇地对他妈妈解释，一副不达目的誓不罢休的架势。

"伯母您好，很抱歉打扰了！"晨诺一边礼貌地问好，一边偷偷打量了一下，这个伯母好眼熟哦，在哪里见过呢？一时却想不起来。

"萧晨诺？真是个美丽的名字，快请坐。"她打量了晨诺一会儿，脸上的笑意就更浓了，这个女孩好像在哪里见过。她相信她的星海，而且他从来没有带过女孩儿回家，这姑娘肯定是遇到难处了。

"谢谢您，伯母。"

晨诺规规矩矩地坐下。四周的琉璃装饰，衬托出晨诺拘谨的样子。

"晨诺请恕我冒昧，你哪里人啊？多大了？"伯母关切地询问着，温柔的语调让晨诺更加脸红了，看来这个伯母很可能把她当成江星海的女朋友了。

"我老家在晨城，今年18岁了，承蒙星海同学照顾，打扰了。"

"晨城？我们老家也在那里呀！星海还是在那里出生的呢！"

看着两位女士在一边聊得很开心，星海也就放心了。

"妈妈，您先和诺妹妹聊着，我去洗洗！"江星海起身上楼回了房间。

此时恰好近黄昏，晚霞下面，有许多的小鸟飞过，晨诺不由自主地向窗外望去。

"你很喜欢晚霞吗？"江伯母微笑着问晨诺。

"哦，还好。"晨诺回过神来，意识到和别人说话的时候走神似乎不太礼貌，惭愧地低下了头。

"这大厅不仅可以看晚霞，还可以看朝霞，只要你喜欢，可以常常来看。"

"谢谢伯母，我想您也很喜欢霞光吧？"

"对呀，你看它多美、多静？可以帮你忘掉心中的烦恼。"江太太显然对晨诺毫无芥蒂。

"我更喜欢的其实是霞光中的鸟儿。"

"它们有什么特别的吗？"

"我只是觉得它们和人很像，每天都在追逐阳光和春天，不断地迁移，舍下了许多需要呵护的东西，到最后才发现，其实自己也是被别人舍弃的。"

"其实能有个梦想值得自己去追逐也是一种幸福，我要是有你这么个女儿就好了。"说话间一个四十多岁的妇女端来两杯咖啡，江伯母自己端起一杯，又招呼晨诺："来，尝尝梅阿姨冲的咖啡，这是上等的咖啡豆，我亲手磨的，一般我可是舍不得的。"

"谢谢伯母！"晨诺礼貌地道谢，轻轻端起杯盏，喝了一口，她不是没喝过咖啡，但这种纯纯的味道还是让她陶醉。接着小心地把杯子放回去，微笑回望着温和的江伯母，继续和她聊一些无关紧要的事情，一直到星海从浴室出来。

"妈妈，诺妹妹可爱吗？"他撒娇似的问。

"当然可爱了，我要是有个这样的女儿，不知道该有多好。"

"那你是同意让诺妹妹住在咱们家了？"

"当然愿意了，就是不知道人家小诺喜不喜欢我这个老太婆呢。"星海和他妈妈一搭一唱的，就等着晨诺答复。

"伯母您说哪里的话？您一点也不老，漂亮着呢，您是我见过最好看的妈妈了，星海同学有您这样的母亲，真是好福气呀！"

"妈妈您和诺妹妹长得多像啊，要不您认她做干女儿吧！"星海提议道。

"我刚才就觉得在哪里见过她，原来是和我长得像啊。小诺，你觉得星海的提议怎么样？"她的眼神里似乎充满着期待。

"承蒙抬爱，但是我们才初次见面，只怕不太合适。"晨诺今天已经遇到很多怪事了，现在居然还有人要认她做干女儿，脑子实在有点转不过来。

"你是嫌弃我吗？"江伯母的表情快速变成了失望。

"您别误会，我不是那个意思，我……"晨诺无言以对，本来还没有决定要不要借住他家，现在居然还要给人当女儿，她实在是有点应接不暇。

"不是那个意思，就是答应了，快叫哥哥！"江星海根本无视晨诺愤愤的眼神，自己像吃到糖果的小孩一样美。

"星海……哥哥好！"她的思绪彻底乱了。

"好，好，大家都好，还有我呢。"

"我，干妈您好！"晨诺快撑不住了！自从妈妈走后，她就再没有用过"妈"这个称呼了。这时，梅阿姨的声音在外面响起，她终于得救了。

"先生，您回来了！"用脚指头都想得到，是江星海他老爸回家了。

"星海，你又搞了什么新花样？逗得你妈这么高兴啊？"还不等晨诺反应过来，江太太已经迎了上去。

"仲生，你回来得太巧了，星海给我们带了个女儿回来，你快看看，多么水灵的孩子呀！特别懂事，我想你一定会喜欢她的。"她似乎有点得意。

"能让你喜欢，一定是个好孩子！"江先生附和着妻子，转身又客气地和晨诺说话："你叫什么名字，从哪里来？"

"伯父您好，我叫萧晨诺，来自晨城。"

"应该叫干爸。"江星海补了一句。

"对呀，她现在已经是我们的干女儿了。"江太太对江先生解释着。

"是吗？你们喜欢就好。"他没有反对，看来这个江先生真的很迁就他的老婆孩子。

"干爸好。"在星海揶揄的目光中，晨诺勉强叫了一声。尽管已经有了心理准备，脸还是红透了。

"嗯，好，让梅姨带你去休息一下吧。"江先生平静地安排她回避，感谢老天，她终于可以喘口气了！

第三十一章 童话里的事

　　晨诺根本就不敢回想这不到一个小时的时间，自己到底是怎么度过的，感觉跟做梦似的，先是遇见了一个认识自己而自己又不认识的江星海，而后是跟他回了家，接着就成了刚刚认识的一家人的干女儿，这简直太不可思议了！

　　梅阿姨带着她到了客房就离开了，晨诺轻轻掩上门，使劲做了几个深呼吸，来不及关心现在的心情，就听见门外传来的关于她的谈论。

　　"星海，她是你带回来的吗？"江先生的语气很严肃。

　　"是的，爸爸，你不喜欢她吗？'江星海似乎有点紧张。不用想都知道，他平时一定很怕他爸爸。

　　"仲生，她多么可爱，我一见就很喜欢！难道你没觉得她很可爱吗？"江太太的语气带着一些撒娇的成分。

　　"我相信她是个很好的女孩，但是我们江家怎么可以随便收容一个来路不明的女孩？只是来坐坐也没什么，但是，你怎么就不问缘由地认她做干女儿呢？"

　　"爸爸，她是我同学，不是来路不明的。"江星海似乎对他爸爸的话不满。

　　"她一个小姑娘，总不会是什么大恶人吧！"江太太极力劝说着丈夫。

　　"素玫，你怎么跟着孩子起哄呢？哎！料她一个小女孩也不能怎么样，既然你们这么喜欢，就先这样吧。但是有一点你们必须记住：星海必须和她保持一定的距离，现在的女孩可没有你们想象的那么单纯！"江先生的言外之意，是怕晨诺拐走他儿子吗？

晨诺愤愤地坐在床上，有人怀疑她是个什么坏人，简直就不可理喻嘛。不过想想也有理，毕竟是她先冒昧闯入嘛。

晨诺横躺在舒服的床上，猛地坐起来，又猛地倒下去，再继续起来，她真的很郁闷。当初，只希望找个地方住，如今竟成了人家干女儿了。

正当晨诺百思不得其解之际，有人来敲门，晨诺无奈地打开门，来人正是始作俑者江星海。

"诺妹妹，你还习惯吗？我爸妈都很喜欢你哦。"

"我不习惯，你不要叫我妹妹好不好？你确定你比我大吗？请问这到底是怎么回事？我不是来看房子吗？怎么会成你们家干女儿了？"

"我爸爸一般很难接纳人的，你是个例外，这个房间就是你的了，还需要什么就对我说，对妈妈说也可以。"他仿佛没听见她的疑问，只说一些无关紧要的话。

"这不是重点，重点是，你为什么要让我做你干妹妹？"晨诺要抓狂了！

"我也没办法啊，他们高兴认你做干女儿，那你就做呗，妈妈那么喜欢你，做她女儿，有什么不好啊？"相信我，在这里你一定会过得很好的！一会儿我再来看你！"江星海很快速地离开了。

"江星海，你给我回来！"这回晨诺的血管都快要爆炸了。星海给了她启发，现在晨诺心里只有一个字——闪！三十六计，走为上嘛！蹑手蹑脚地出了房间，所有人居然都在大厅，好像在等她似的，她开始后悔自己没问问这里有没有后门。

"伯母……"晨诺怯怯地叫人.

"叫妈妈。"还不等她说完，星海已经拦下了她的话，郁闷死了！

"干妈，我得回学校了，不然一会儿学校关门就进不去了！"晨诺抢着把话说完。

"星海不是说你会在这里住下来吗？为什么又要走呢？"江太太关切地问。

"我只是想回学校去拿行李。"晨诺的心都提到嗓子眼了。

"明天再拿也不迟，还差什么，我一会儿陪你去买。"又是江星海。

"是啊，先坐下来吃饭吧。"

"哦。好。"晨诺无奈地坐下来。其实，被人这么照顾的感觉挺好的，虽然这些事来得太过突然，但这份温馨，却是她期盼十余年的，虽然这或许只是自欺欺人，但她也想有个家。

"小诺，来，吃菜。"江太太总是那样热情和关心。

"谢谢，干妈。"晨诺硬着头皮接下一块应该很可口的肉。

就这样怪怪地吃完一顿饭，而后便是星海陪她去买东西，买好东西回到江家，推开那扇门，晨诺受了惊吓似的立刻退了出去。

"怎么了？快进去啊！拿着这么多东西很累的！"星海在后面嘟囔。

"但是，我们好像走错房间了。"

"哪有啊，这里是我家，怎么可能会走错，你是说和先前的不一样了吧？是我帮你弄的，你看怎么样？"星海得意地看着她，晨诺惊得嘴都合不上了。出去了不到一个小时，原本格调高雅舒适的布置，现在全换成了满满的少女感家具，还有她最想要的各种东西！

"好是好，只是你什么时候弄的？"

"动动口，打个电话就好了。再说，我还画了样图给他们啦。"星海从桌子上拿起一张像是设计的纸来证明自己所言非虚。

"哦，你先出去吧！"晨诺做了个请的手势。

"为什么？"他满脸疑惑。

"叫你出去，你就出去啦！"晨诺把他轰了出去。

待在这个梦幻的房间里，晨诺已经不想让自己搞清楚目前的状况了，反正她也没有地方可去，反正她也需要重新开始，就算这一切不属于自己也无所谓。这一切跟童话一样，而童话的结局，总不会太坏。

窗外的候鸟，总时不时印出萧晨阳的影子，晨诺知道忘记他是件多么困难的事情。她该醒了，萧晨阳、钟威尧、杨玲娅、陆美美，他们都只是那一只只候鸟，只是偶尔在她身边停留，早晚都会离开的。

第三十二章 一如往常

　　人生在世，会遇到很多人，也会有很多悲欢离合，但是有些人，你注定离不开！Z大某男生宿舍里，忽然多了两个女生。

　　"晨阳，学校怎么说？有没有消息啊？"大家把目光集中在了萧晨阳身上，但他只是无奈地摇了摇头。

　　"学校说她申请保密，不让人知道她转到哪个学校去了。"

　　"都快一个星期了，她为什么还是一点消息也没有啊？"玲娅无奈了。

　　"附近的几所学校我都去问过了，没有。"威尧垂头丧气地说，"都是我不好，没事干吗和她吵架，你们本来就是兄妹，我干吗非要她说出个所以然来啊！我真该死！"自从晨诺失踪之后，威尧一直都活在痛苦与自责之中。

　　"威尧，这一切都不是你的错！你不过是太在意她了，要怪就怪我，没把她看好，住在同一个宿舍，居然没有发现她的异样。"美美也觉得自己难辞其咎。

　　"美美别这么说，我才是罪魁祸首，从小到大，我就是她的灾难，或许离开，她会过得更好吧。"晨阳还是那副生无可恋的样子。

　　"她的电话一直关机，QQ也一直没上线，电子邮件也不回。看来她是铁了心不让我们找到她了。"玲娅已经在网上等了她好几天了，只要有消息，她就快速冲上去，而结果每次都失望。

　　"玲娅，你在电脑前守了这么久，辛苦了！但她实在不出现我们也没有什

么办法，大家以后就静观其变吧！"

"晨阳哥哥，谢谢你！有你一句关心，我做什么都是值得的！"玲娅就是玲娅。

"我们先不说这个好吗？我真的很担心晨诺。"晨阳还是满脸愁容。

"好，不说，等晨诺回来我们再谈。"玲娅无奈地放弃了。

"我的毛毛雨也失踪了！"正当众人都在讨论萧晨诺的问题时，陆美美却突然郁闷起来了。

"怎么回事？"众人奇怪。

"他说好昨天会和我视频的，结果我等了他一天，却没见人。"

"也许有什么事情给耽搁了。"晨阳一直都很贴心。

"上线了！"美美忽然兴奋地跳了起来，拿着手机就跑到一边去了。

美美：你昨天跑哪里去了？为什么不上线？我等了你好久哦！

毛毛雨：昨天我妹妹回来了。怎么了？你有什么事情吗？

美美：没有事情就不可以找你了吗？

毛毛雨：不是，只是我最近比较忙，怎么了？

美美：晨诺失踪了！我们找了好久都没有消息。

毛毛雨：那就不要找了，她那么大人了，难道还怕被人给卖了啊？如果是她自己藏起来了，你们又何必打扰她呢？说不定她现在过得很好呢！

美美：可是我们还是很担心啊！最起码要和她取得联系啊！尤其是晨阳和威尧，都快撑不住了。

毛毛雨：钟威尧？他也配？他只会伤害她，她的离开是对的。

美美：你怎么这么说话？亏你还说对她印象很好，现在怎么这么没有同情心啊？

毛毛雨：我只是大脑比较清楚，我相信她会过得很好的。

美美：但愿吧，如果你在网上遇到她的话，就告诉她，我们很担心她，叫她和我们联系，好吗？

毛毛雨：好了，我得下了，保重，我保证她会很好的！不要担心。

美美还想继续说点什么，但是对方已经下线了，她傻傻地杵在那里，忘记了时间的流动。

"他已经下了，你怎么还愣着呢？"玲娅拍拍美美的肩膀。

"玲娅，你说毛毛雨说的会不会是对的呢？也许晨诺现在过得很好呢？"

"不管她现在怎么样，她不在我身边就是大大的不好。"威尧大叫着。

"威尧，你冷静点，只要她过得好，我们应该尊重她的选择。"晨阳马上起来安抚他。

"亏你还是她哥哥，放她走，说得轻松，你知道我有多爱她吗？"威尧大发雷霆，晨阳也红了眼睛，看来他也要爆发了。

"你才爱她多久？我都爱了她十几年了！这些年来，我因为她快乐而快乐，因为她伤心而伤心！看见你们在一起，我再心痛也会对她笑！因为我想看见她快乐！这才是爱！你能懂吗？"

"原来你真是个变态！我今天非揍死你不可！"威尧说着挥拳直扫晨阳的鼻梁，晨阳也毫不示弱地反击，两人就这样扭打了一起。

"你们给我住手啊！非要打死一个你们才甘心吗？晨诺离开绝对不是为了让你们打架的！"玲娅吼着冲到两人中间，晨阳差点一拳打到她脸上，还好立刻住了手，威尧也停了下来。此刻双方都已经伤痕累累，双眼仍相互瞪着。

"你们这样有什么意义啊！晨阳是她哥哥，哪有哥哥不疼爱自己妹妹的啊！威尧你吃的哪门子醋啊！"玲娅冲着威尧大吼，看见他在晨阳脸上留下的伤痕她就想揍他。

"男人的事情你少管！"两人异口同声。

"凶什么嘛！不理你们了！"玲娅转身出去了，美美也不知道怎么办，只好跟着她走了，而后威尧和晨阳对峙结束，场面暂时得到了控制。

第三十三章 玲娅的告白

威尧虽然觉得只要她好就行，但是他是真的想用自己的真心把她给找回来。于是来到电脑前，手指飞快地在键盘上跳动着：

"天涯海角，群鸟飞翔，也不过一瞬间而已。天涯海角依旧，我们的爱却面目全非，独自坐在昔日的草丛，听着江水的细语，唯独没有你在，我一直在这里等你回来。我多想回到那天，让你回到我的身边，我不断祈祷，不断呼唤，只有沉静的寂寞。

"你曾说过，天涯海角是你的天堂，如果不能给你快乐，就是地狱。是我，是我破坏了这一切。阳光照在江面，闪烁着滚滚波纹，远处的高山依旧耸立，但已没有昨日的宏伟，因为没有你，当群鸟飞起的时候没有你的欢呼，一切都显得那么悲哀。我静静地躺在昔日的草丛中，看着蓝蓝的天空，一切都因为没有你而不再如初，我突然感到冷，虽然阳光并不弱，但我的心已坠入地狱。

"一切都像是昨天，唯独没有你，你以后都不再来了吗？你真要让我找不到你吗？不要扔下我好吗？我会很伤心的，你要让我一个人独自徘徊在爱的天涯吗？回来好吗？我的爱，我不愿两颗心都受伤；回来好吗？我的爱，我真的不要这样的等待！

"还记得江边的小茅屋吗？还记得我们的约定吗？当候鸟飞起时，我的心也跟着飞去，在天空来来回回，可是却找不到你的方向。我不想再飘荡，拉住我，救救我吧！太阳雨啊太阳雨，是你带给我晨诺，为什么又要带走她？

还给我好吗？我要用我的真心去温暖她的心！"

打到满格了，威尧才盯着屏幕，慎重地敲下回车键，祈祷晨诺看过后会有一点点感动，会奇迹般地回到他身边。蓦然，他找到了一滴遗落在腮边的水滴，他流泪了！

晨阳只是愣愣地看着突然就显得空虚了的世界，他都不清楚她为何要离开，难道就因为和威尧吵架吗？她真的会是因为负气而出走吗？难道威尧在她心中真的有那么重要吗？他不知道，他甚至无权过问。这么多年，他都是一个人默默地守护着她，而她一直在恨着他。想到这里，晨阳茫然苦笑。

"晨阳，你在想她吗？"玲娅不知道什么时候已经出现在他后面。

"玲娅，你来干吗？你眼睛怎么红了？哭了吗？为什么？"

"我只是为自己的愚蠢而流泪，原来我只是个十足的自恋狂！"

"为什么这么说？谁欺负你了？告诉我！我帮你出气！"

"告诉你？你能怎么样？你能把自己怎么样吗？"

"是我伤害了你吗？"晨阳被她搞得莫名其妙。

"看来与你无关，你根本一点感觉都没有，是我自以为是！"

"玲娅你到底想说什么？麻烦你一次把话讲明白好吗？"

"没什么，我走了！"玲娅转身，流泪，本来嘛，是她一直单相思，尽管她相信他和晨诺是亲兄妹，但是她还是觉得他们的感情太微妙了，不像哥哥对妹妹那样单纯。她回转身，朝着萧晨阳大喊起来。

"萧晨阳，我爱你！我杨玲娅爱上萧晨阳了！看见你为萧晨诺难过我就难过！听见你说你爱她我更难过！"玲娅用尽力气喊完，有气无力地站在原地，看着一脸狐疑的晨阳，嘲笑似的问，"这回，我说得够明白了吧？萧晨阳你听明白了吗？"

"玲娅……"晨阳话还没出口，她已经伸手抱住了他。

"我知道你不喜欢我！我也知道我没有晨诺漂亮，可是晨阳，你不要拒绝我！晨诺不能跟你在一起的，你是她的哥哥啊！她生气是因为威尧的不信任！她和威尧才是天生的一对。"说着玲娅又掏出情侣手链，期待地看着他，"这是你们吵架那天，我和美美出去买的，你可以帮我戴上它吗？也许，这样子对大家都好！"她早就准备好了，就差他给她戴上了。

"小姑娘，你怎么这么不知道害臊啊？"晨阳似笑非笑地看着她。

"你能奈我何？"

"是啊！这样，威尧也就不用吃醋了，晨诺也不用因为我为难了。"晨阳低语着，其实他很想告诉所有人他就是爱上晨诺了，而且萧晨诺不是他的妹妹。只是他始终记着妈妈的话，晨诺太孤单了，如果让她知道自己在这个世界上一个亲人也没有了，她会受不了的。何况她现在已经喜欢上钟威尧了，他更不能说出那样的话叫她为难。他不想再叫她讨厌了。

"你在嘟囔什么？"玲娅奇怪地问。

"没什么，我帮你戴上吧！没有亲自给你买，很抱歉。"晨阳浅笑着给玲娅戴上手链。

"呵呵！我们回去吧！美美和威尧还在等着我们吃饭呢！"

"嗯，好。"晨阳轻轻地点头，玲娅拉着他的手，蹦蹦跳跳地往食堂跑，晨阳一直微笑着。

"我们到了！"还没进门，玲娅就冲里面大喊。

"啊！你们？……"美美一回头，看见他们挽在一起的手，一下子便响起了高分贝的尖叫声。

"什么事这么大惊小怪的？"威尧懒懒地转身，目光跟着快速凝聚。

"至于吗？看你们连话都说不出来了，我现在宣布：萧晨阳在三分钟以前，正式成为我的男朋友了。"玲娅得意地宣布着，美美刚喝的水，立刻又给喷了出来。

"二十分钟以前，你不是宣布再也不理他了吗？这转变也太快了吧？"美美实在是反应不过来了。倒是威尧接过了话。

"难道这就是你所谓的爱吗？一刻钟就能改变？恭喜你了，玲娅，捡到宝了。"威尧对着晨阳连讽带嘲。

"钟威尧，你别这样好不好？他先前说的爱，就一定是爱情吗？那是亲情！不要见到个男的就当是情敌好不好？我看变态的是你！"玲娅维护着自己的心上人。

"你？！"威尧被玲娅气得说不出话来。

"我怎么啦？本来就是你自己没本事，看不住女朋友，还到处发狂！"

"麻烦你少说两句！"晨阳撇了玲娅一眼。

"是啊！我们现在要团结，千万不要闹下去了！"美美趁机出来打圆场。

"我希望我们能为了晨诺相处得愉快一点。"晨阳向威尧伸出手，威尧犹豫着把手伸了过来，而后美美拉着玲娅把手挨个搭上去，大家相视一笑，又一场风波暂且过去。

第三十四章 富豪贵公子

"诺妹妹住得还习惯吗？"江星海询问着刚刚起床的萧晨诺。

"不习惯，这里太好了，舒服得我都要迟到了。"晨诺一边收拾书包，一边回答他。

"今天是周末，难道你还要上课吗？"他饶有趣味地看着可爱的女孩。

"不会吧？哦，早知道我再多睡会儿！"她居然连周末都不记得了。

"别这么贪睡好不好？我是叫你去吃早餐的！你要养成早起的习惯！"

"我天生就爱赖床，你刚认识我，不知道也正常。"晨诺懒懒地跟着星海进入餐厅，江太太早就已经等在那里了。

"干妈，您早！"晨诺轻声问好。

"能不能把干字去掉，听着别扭。"江太太不高兴地说。

"好的，妈妈。"晨诺极小声地又叫了一次妈妈，天知道她要到什么时候才能适应！

"昨晚睡得好吗？这里的一切都还习惯吧？"

"承蒙您的照顾，一切都好。"晨诺尽量礼貌地回答。

"今天是周末，一会儿让星海陪你去买些衣物，顺便熟悉熟悉这里的环境。"江太太温和地微笑着。

"我还是在家陪陪您吧。"与其和星海一起，她宁愿哪里也不去。

"我不喜欢热闹，喝过早茶，你们就自己去吧！"她依旧是温和地微笑着，晨诺开始怀疑那种温和是天生的，要是自己能学会就好了。

早餐在轻松的气氛中很快就结束了。

"慢走，希望你们玩得愉快。"江太太将他们送出了门。

"诺妹妹，我们去给你买些衣物吧！"星海问晨诺。

"这就不用了，我不缺少衣物。对了，你爸爸怎么不一起用餐呢？"

"他在天刚亮的时候就已经出去了。你说你并不缺少什么衣物？麻烦你不要对自己那么残忍好不好？你看你才几样东西？那么小的箱子，整个家当放进去也没有装满。"

"江公子，我可不是什么富家千金！麻烦你也为我想想！"

"我又没有要你掏钱，你现在是我妹妹了，给你添点东西也不为过啊！再说钱还是妈妈给的呢！"

"你妈说要给我买东西？"

"什么我妈？她现在也是你妈，妈妈还关照我要给你零花钱，不准拒绝。"

"江星海，你为什么非得让我做你妹妹啊？我做你妹妹对你一点好处都没有！"

"但对你有很多好处！"星海不以为意。

"但是我有拒绝这些好处的权利！"晨诺义正词严。

"为什么？"星海自信、阳光的脸上显示出难以置信的表情。

"一、我不喜欢那些亲昵的称呼；二、我不喜欢像流浪狗一样接受别人的施舍；三、我不喜欢别人把我看作不知廉耻的拜金女。"

"我们没有谁认为你是拜金女，我们对你所做的一切也不是施舍，你为我家带来了生气！你是真的不知道，妈妈从来都没有那么舒心地笑过！你知道吗？最近几年她一直都在看心理医生，吃抗抑郁的药物。你就当自己在做一份精神陪护的兼职，好吗？"他几乎是用哀怨的眼神望着她，她实在不敢相信，那个一直都在笑的江太太竟有抑郁症，如果是真的话，那么一切又都可以理解了。

"答应我！无论什么时候，都不要离开这个家！至于那些你不喜欢的称谓，你可以不叫我哥哥，但我希望你能叫妈妈和爸爸，最好不要在他们面前表现

出排斥，拜托你！我想你的爸爸妈妈还有哥哥知道他们有个这么善良的晨诺，一定会很开心的！你离家这么远了，不会想家吗？你想家的时候，就把我们当你的亲人，把这里当你的家，好吗？"

"我不会想家，因为我无家可想。但我会试着把你们当亲人。"晨诺用冰冷的语调说。

"你怎么可能没有家？你是孤儿啊？"星海又一次露出诧异的神情。

"我不是孤儿，我知道谁是生我养我的人，也知道我在哪里长大，江大少爷，请你别失态了，别人看见了还以为我拐骗富家公子呢！"

"可能吗？我是这里的地主耶！应该怀疑我拐带你才对。好了，我们到处去看看吧！"星海进入角色比晨诺想象的要快。

"晨诺，你手机太落后了，我们去换个好看的。"

"你的包不好看，换一个吧！"

"你的皮肤有点干，去做护理吧！"

"你的发型不适合你，我带你去弄！"

"那只狗熊很可爱，买下吧！"

"这双皮鞋不错，买了它吧！"

"要不我们再买条项链吧！那耳环也可以，哦，你没打耳洞，那条手链配你很不错！"

"……"

"你还有什么想要的吗？"

"我什么都不想要了，够多了，我都不知道怎么拿回去。"晨诺有气无力地说着，她快崩溃了。

"对了，我觉得我们应该去买只宠物养着，买什么好呢？猫？狗？不好，不好，太俗气了！"江星海一个人拼命想着。

"我看还是买只乌龟得了！今天的时间过得这么慢。"晨诺撑起眼皮说话。

"乌龟就乌龟吧！"星海高兴地叫着。

该买的都买了，不该买的也买了，晨诺这才知道，逛街原来还可以是种惩罚！

第三十五章 再演传奇

好不容易回到了江宅，晨诺这会儿感觉江太太的微笑比蒙娜丽莎还美！真令人陶醉！但一看满车的东西，她又羞愧得不知道把自己往哪里放了。倒是江太太先打了招呼。

"小诺，买的东西都在这里吗？你别管了，快进来喝口茶，看这脸红得像个苹果，是不是很累啊？"

"没有啦！只是天气比较热而已，您别担心！"晨诺都不知所措了。

"哦，那你们在外面吃饭了吗？天都黑了，你一定饿了吧？快去整理一下，过来吃饭啊！"

"嗯，好。"晨诺巴不得早点闪人呢！刚进房间，江星海又幽灵似的出现了。

"看我布置得满意吗？把这些都换上，打扮一下，给妈妈看看，快点哦！"说完便出了门，完全没有商量的余地。

晨诺的心脏马上就要负荷不了了，看看那些价码，恐怕自己真成了莫泊桑《项链》里的主人公了，要为此还上十几年的债了！

只经过一点打扮，出现在众人面前的便是一个亭亭玉立的大美女，虽说江星海有一定功劳，但他的惊讶似乎也不小。

"哇！诺妹妹，你真漂亮！"

"小诺，你真是天生丽质，现在别人一看就知道你是我的女儿。"江太太肯定地说。

"谢谢您，妈妈。"晨诺偷瞄一眼镜子里的自己，的确挺好看的。

"妈妈，这可都是我的杰作，您满意吗？"星海又开始邀功了。

"满意，非常满意！你又在打什么歪主意啊？"知子莫若母啊！

"今天影院出了一部新片子，我想和诺妹妹一块去看，可以吗？"江星海撒娇，晨诺又是一阵眩晕。她大脑都快要超载了，怎么会遇到这么奇怪的人哪，要是真和他去看电影，还不定会有什么状况。

"爸爸今天不会回来了吧？妈妈一个人怪寂寞的，电影在家里也可以看的，不是吗？"

"你们年轻人就是这样，总觉得外面好，星海要去，你就陪他去吧。不用管我，习惯了，我不寂寞，我还可以等你们回来嘛。"江太太眼睛里闪过的是晨诺熟悉不过的眼神，爸爸、萧晨阳，还有王银，都曾经有过这样的眼神，那代表什么？她不敢想。晨诺几乎是抱着视死如归的心情和星海一块来到电影院的，根本没什么新片，只不过是他精力充沛，不想待在家里而已。

放映的是很感人的《暖情》，看着那对父子寻找着家的幸福，她的心潮开始荡漾，眼泪悄悄地溢出了眼眶，晨诺尚未发现，他已经帮她拭去了。

"别哭了，放了假，我陪你回家找妈妈。"星海试图安慰她。眼泪在这个夜流得肆无忌惮，曾几何时，她渴望痛快地哭一场，没想到居然在这样一个奇怪的地方，面对这么个奇怪的人，因为一部电影。她发现，能哭其实也是一种幸福。

她感觉，那个找妈妈的男孩，其实很像她，不同的只是，他的爸爸会带着他四处寻找妈妈，而她的爸爸却让人取代了妈妈，最后还彻底离开了她。那些年，她没有快乐与不快乐，没有希望或者失望，要不是还有个萧晨阳，她的世界恐怕就是一片死寂的了。

高考结束的那个暑假，她和萧晨阳一起看过一个片子：《世上只有妈妈好》。电影感动了所有人，也感动了他们，但她却不敢让他看见自己的感动。萧晨阳对她的关心多一点，她就伤痛多一点，但他看她的眼神却总让她误会，但是她不敢问他。

电影随着她的眼泪流干而结束，这或许是她今生最痛快的一次哭泣。她早就想哭了，但是缺乏勇气，因为晨阳说：她流泪，他会伤心。她感觉得到他忧郁眼神里的关怀，但她将再也看不到了。

"晨诺，该回家了。"江星海还记得她不喜欢那些称呼，轻轻提醒着她。

"他找到妈妈，有了家，我还没有。"她梦犹未醒。

"我会陪你去找的，妈妈在等我们呢。"

"是啊。"

江太太一看见他们，笑容就在那张原本就很和蔼的脸上漾开了。

"晨诺，你们怎么这么晚才回来呀？你看看你的手多凉啊？星海你怎么照顾人的？"江太太连责备人的时候都是带着笑的，晨诺简直无法想象这样的人，居然患有抑郁症。

"让您久等了，对不起！"

"别说对不起，来，快进来，星海下次注意点，晨诺是女孩子，要好好照顾的！"

丰盛的晚餐对晨诺来说并没有太大的吸引力。为了不伤江太太的心，她勉强吃了点。

第三十六章 当爱已不是秘密

"美美，你最近怎么都不爱笑了啊？"玲娅关心地问着。

"没有啦！晨诺走后我们有谁爱笑了？"

"不对，你当我3岁小孩啊？快说，是不是那个毛毛雨又欺负你了？"

"他很久都没有上线了，姐姐，网恋真的都不靠谱吗？"

"应该不至于吧！他不是来看过你吗？也许他有什么事情，你就别自己瞎想啦！我们还是去看看威尧和晨阳有没有晨诺的消息吧。"

玲娅拉着美美来到了晨阳楼下，很快，两张苦瓜脸就出现在了她们面前，不用问就知道，没有什么好消息。两人好不容易酝酿出来的好心情就这样转瞬即逝了。

"你们别一副要死不活的样子好不好？难道没有晨诺，我们就都不过日子了吗？我想她不会希望你们这样的！"

"我们也想为了她过好一点，或许，她是真的决定一个人去流浪了，小时候，她就一直希望将来能轻松地去流浪。"晨阳埋低了头，威尧一直都不曾出声。

"那她就不会想想我们在担心她吗？"美美失望极了。

"威尧不是给她留言，说了很多话吗？难道没有感动她？"玲娅也很惊讶。

"如果她这样离开会得到某种解脱，我只能祝福、祈祷了。"

"萧晨阳！你这话是什么意思？难道你当真这么无情无义，放任她四处游荡？她突然转学了，难道你们作为家里人就不担心吗？把她家的电话号码给我，我们有必要让他们知道晨诺失踪了。"

"钟威尧，你不能这么做！"晨阳快速躲开他抢电话的手。大家被他异常的举动吓了一跳。

"你这是什么意思？难道这么大的事，还能瞒着家里人吗？或者是，你把她藏起来了？你现在已经有了玲娅，难道还要抓着她不放吗？你见过哪个哥哥把妹妹永远留在身边的？"威尧已经持续暴躁很久了，不管萧晨阳承不承认，他都觉得萧晨阳对晨诺的感情不单纯。

"你给我住口！我不管你们预备把我怎么样，我都不会让你们惊扰家里的！"晨阳如发怒的雄狮，狠狠地瞪着所有人，威尧不甘示弱地回瞪着他。

"麻烦你们不要总是这么针锋相对好不好？到底我要怎么做，才能让你们两个冷静一点？"玲娅怒吼着。

"男人的事情你少管！"两人异口同声。

"我最后提醒一遍：萧晨阳，你的女朋友叫杨玲娅，你不可以随便对她大喊大叫！也请你们看在我们是晨诺好友的份上，不要无视我们的存在！"美美第一次这么大声地吼出来。两人同时把目光集中在她身上，吓得她向后退了好几步。

"我想她这句话，你听见了！"晨阳对威尧表明自己不是他的情敌。

"我想她这句话，你也听明白了！"威尧知道他们是兄妹，可是他太了解晨阳，他就是对他不放心。

"我听得明白，但是我必须为家人着想！不管你们怎么说，我都不会让步。"虽然他是个温柔的男生，但也有他的坚持。

"我想晨阳说的是对的！大家都很担心晨诺的安危，但是这样告诉他们晨诺失踪了，也只是让他们担心而已。"玲娅能做的就是尽量为晨阳解围。

"谢谢！"晨阳对玲娅投去感激的一眼。没有人比他更清楚，妈妈知道晨诺失踪，会有什么样的结果，她已经受不了这么大的打击了，他现在唯一能做的就是稳住威尧等人，尽快地把晨诺给找回来。可是现在，他真的是一点办法都没有。

夜深了，美美和玲娅已经回去了，威尧也终于睡觉了，晨阳懒懒地挂上

新申请的 QQ，看来今夜，他是准备通宵了。

"我可以进来吗？"玲娅居然这么晚了还来找他。

"进来，门没锁，有事吗？"晨阳头也不回地问。

"没事，就是想来看看你。"

"谢谢。"他还是不眨眼睛地盯着电脑。

"你根本不希望她回来是吗？还是你觉得她不想回来？"玲娅真是个人精，晨阳那点小心思根本就没有逃过她的眼睛。

"我只是不想家里人担心。没有人能改变她的决定，除非她决定为那个人改变自己。"

"她和你真的很像，你真的是她亲哥吗？"玲娅压低声音问出这句话。晨阳愣了一下，终于回过头来看了她一眼，她的确聪明。

"你是来盘根问底的。"他的语调低沉得可怕。

"我绝对会保密的。"看来玲娅这回是铁了心要知道。

"我不是他哥哥。她妈妈走了很多年，杳无音信，爸爸去世了，从那时候起，她从来没有把家当家，所以我相信她一旦出走，是绝对不会轻易回去的。"晨阳避重就轻地说了一下家里的情况，但绝口不提晨诺误以为自己是她亲哥哥的事情。

"原来是这样，难怪她从来都没有叫你哥哥，也从来都没提到过家里，希望有一天她可以承认你这个大哥，至少她会对你甜甜地笑。"

"那是强颜欢笑，她不让别人看到她的忧伤。我想她需要的是真正的快乐，只要她过得好，我就别无所求，就算她永远都不叫我大哥。"

"你是不是想过要拥有她？我是说不只是亲情的那种拥有？"玲娅的声音已经开始颤抖，她是那样冰雪聪明，怎么可能看不出他对晨诺的那份深情。

"我是很爱她，但我更希望她快乐，不管她因为谁快乐，为什么快乐，只要快乐就好。"晨阳的脸色铁青。

"你既然这么爱她，那干吗不告诉她？"玲娅似乎是在强装笑脸。

"你觉得如果她知道自己在这个世界上再没有亲人了，而她依赖的哥哥其实是个心思龌龊的人，她还能快乐得起来吗？"晨阳冷笑着反问。

"你既然这么爱她，为什么又给我希望？"玲娅已经无力地瘫倒在椅子上了。

"如果你觉得委屈，我很抱歉，你随时可以离开。"他第一次这么直接地承认自己喜欢晨诺，心里突然就轻松下来了，却不知道该用什么话来安慰玲娅受伤的心。

"你是在赶我走吗？"她的眼泪再也忍不住了。

"抱歉。你难道不觉得守着一个不喜欢你的人很委屈吗？你就没有想要离开吗？"晨阳仍面对着电脑，冷冷地吐出两句话。这一切和他预期的不一样，他一直以为，这些都只是属于他一个人的秘密，可是现在他却被人掏空了。

玲娅缓缓走到门口，左脚才跨出半步，又收了回来，她只想在他身边多待会儿，于是又低着头，返回他身边。

"我可不可以在你身边多待一会儿？"她放下了所有的骄傲。他回头抱歉地看了她一眼，这个女生好像一直都出乎他的意料。

"好，想听音乐吗？还是看电影？"

"随便什么都好。"

"那听歌吧！"

晨阳给她放了首老歌，她的眼睛发酸。为了不让他看见，她把头转向另一边，心里祈祷着音乐快停下，眼泪别流，她杨玲娅怎么可以为了这么个莫名其妙的人哭？但偏偏还是让他看出了破绽。

玲娅飞快地抓起背包冲了出去。

凌晨一点，好阴冷，玲娅鼓足了劲往有光的地方走，现在回不去宿舍，也不可以去他那里借宿，她从来没有想过自己也会有流落街头的一天，但现在摆在她面前的，就只有游荡。回想起自己的一腔真情付诸东流，眼泪便忍不住要肆虐。

第三十七章 错爱

"玲娅！"一个熟悉的声音传来，她知道是他来了，又来给她根本就不存在的希望。他的眼神里似乎带了心痛，她明白，那只是愧疚和一丝的怜惜。

"玲娅，跟我回去，我不可以看着你在这里游荡。"

"是吗？那你是不是打算忘记她？"她的脸上现出冷笑。本想戏谑地说出来，声音却那么苍凉。

"你可不可以不要这样，我需要时间！"

"到时候，我还是要被踢出局，连着姐妹一起失去？我不会把赌注下在毫无可能的事情上。"

"你不要胡思乱想了好不好？我亏欠晨诺，也亏欠威尧，还亏欠你，我知道我亏欠所有人。我都不知道自己该怎么办，你知道，晨诺，晨诺她很恨我！她一直觉得是我破坏了她的家庭。我在她心里一点地位也没有。"

"可是，你不是说过，你爱她吗？"

"但是她不爱我，我的幸福就是让她幸福。你愿意给我一点时间去遗忘她吗？"他的眼睛一直紧紧地盯着她，慢慢地说。

她本就所剩无几的坚强这会儿彻底崩塌了。

"讨厌鬼。"玲娅知道已经逃不出他的魔爪了，现在她只希望晨阳是真的准备忘掉晨诺，以后就好好地爱她。

晨阳安排玲娅睡去，自己趴到电脑前想着，如果晨诺再不出现，他就真的不知道怎么办了。看着睡得甜甜的玲娅，他不禁惭愧至极。

随着时光的流逝，这群人渐渐地稳定下来了，渐渐地抹去伤痛，就当晨诺是出去走走，累了就会回来。而美美的情绪却愈来愈不对了。

"美美你最近怎么了？难道是失恋了？"

"玲娅，他都两个星期没有和我联系了！自从他来看过我之后，就不像我认识的他了。"

"他怎么会和晨诺一块失踪？"威尧奇怪地问。

"没有什么好奇怪的，网络本来就靠不住嘛，我又不是没提醒过你，算了，随他去吧！"玲娅安慰着。

"我不相信，他如果不是真心的，为什么还要来看我？"

"那好，我问你，到现在为止，你知道他的家在哪里吗？知道他大名叫什么吗？你对他一无所知啊！小妹，麻烦你不要这么幼稚好不好？"威尧语重心长。

"那你爱上晨诺的时候，了解她吗？还不是照样爱了？在现实里能一见钟情，在网上就不可以了吗？"美美宁死也不相信她爱的人不爱她。

"那不一样，我看得见她，她是我身边实际存在的人，而你……"

"那你现在还抓得住，看得见吗？"还不等威尧说完，美美就把他的话顶了回去。

"美美，我们都理解，但是你真的不要太认真，试着把他忘了吧。"

"晨阳哥哥，我真的很爱他呀！"

"试试看吧。"他劝说着美美，可他明白有些东西，一旦落进心里，根本就忘不掉。

每个人，每一天，都会给晨诺留言，告诉她他们发生的一些事情，虽然没有回音，但这已经成了他们生活中的一种日常。

换了手机换了一切的她，终于是忍不住登录了以前的QQ，她在江家待了快一个月，虽说丰衣足食，还是忍不住会去想他们。

所有的留言从最后一条到最前一条，看着每个人的思念，尤其是看到晨阳和玲娅相恋，眼泪就忍不住，他终于找到他的幸福了，而她还在为他难过。原来，她所谓的忘记也只是暂时的封闭。但是她又能怎么样？这一切本来不

就应该如此吗？拿着鼠标把玩几下，便将这个号码下线了。

在无聊的日子，她想找个陌生人来聊天，打开刚注册的号"好想爱你"，便开始寻找目标，锁住她目光的是一个叫"我想我们相爱"的网友，她加了他，开始了漫无目的的闲聊。

我想我们相爱：为什么突然找我陪你聊天？你遇到伤心事了吗？

好想爱你：你很快乐吗？为什么不说我正忙呢？这样就不用烦恼了。

我想我们相爱：你很可爱，很像我妹妹，总爱问为什么。

好想爱你：只可惜我没有哥哥，但我更希望，我没有哥哥。

我想我们相爱：你这句话是不是有语病？

好想爱你：没有，我检查过了，只是你不明白而已。

我想我们相爱：看来我还得多了解你，才能和你继续聊下去了。

好想爱你：别试着了解我，因为不用继续了，拜拜！

晨诺匆忙下了线，江星海已经在门口站半天了。

"你在上网啊，是不是想你以前的朋友了？"

"只是和一个陌生人随便聊了几句而已。"

"哦，早点睡觉，明天可不是休息日哦！"

"嗯，我会的，晚安。"晨诺轻轻点点头，突然觉得不敢看他的眼睛，那种目光让她不安。

"晚安。"星海收回目光，离开晨诺的房间。晨诺对着电脑发了半天呆，终于又把"晨诺"和"好想爱你"一起上了线。

"晨诺"是隐身的，她可以清楚地看见威尧在线，晨阳为什么不在呢？她又一次隐约地心痛起来，很快，毛毛雨发来了信息。

毛毛雨：你最近感觉怎么样？换了环境，有没有想以前？

晨诺：你怎么知道我换了环境？我明明已经隐身了，你怎么看见的？

毛毛雨：因为我感觉得到你呀！你知道他们在找你吗？

晨诺：知道，那又怎么样？你现在要是告诉他们我在线，以后就别想看见我再用这个号了！

毛毛雨：如果我打算要说，就不会等到现在了，我只是想关心一下你目前的状况而已！有些事情既然做了决定，就最好别回头。

晨诺：你好奇怪哦！在我的印象里，你应该会帮着美美劝我回去，没想到你倒叫我别回去了。

毛毛雨：我只不过不希望你回去面对过去的人和事而已，我想你应该还是比较满意现在的生活吧？

晨诺：过得跟公主似的，能不满意吗？你和美美怎么样了？

毛毛雨：我和她只是普通的网友而已，你别想歪了，而且我们已经很久没有联系了。

晨诺：难道你不知道她喜欢你吗？我记得你还去看过她耶！虽然我那天没有怎么看清楚你的样子，但是我觉得你们还是挺配的啊！

毛毛雨：是吗？我只是去那里走走，顺便去看看她而已，也许让她误会了。虽然你对我没有什么印象，但是我对你印象很深哦！第一次看见你就觉得你很像我的妈妈。

晨诺：荣幸，你叫什么名字？美美也没有告诉过我！怎么你没有ＩＰ呢？

毛毛雨：你不也没有吗？当然是不希望别人知道自己的位置啦！

晨诺：哦，我也差不多，我得睡觉了，你多和美美联系吧！拜拜。

晨诺看到晨阳他们的留言，虽然心痛，但也为他们的稳定而欣慰。也许，她的不辞而别真的让他们伤心了，但她也没有比这更好的办法了，威尧总有一天能找到属于他的幸福的！大家都好，晨诺在梦里笑了，甜甜的，带着伤。

第三十八章 落难见真情

几天后，晨诺登录她之前的 QQ，跳过其他人的留言，她直接打开晨阳闪动的头像。

晨阳：小诺，你还好吗？威尧他们很想你，我也知道你一定看过我们给你的留言，不知道你是不是还在生威尧的气，我希望你可以原谅他。我和玲娅也在等你回来，还有美美，她的毛毛雨失踪了，如果你遇到，希望你让他和她联系。

淡淡而平静的留言，看来他们现在过得的确很好，晨诺再一次感到头痛，她知道这意味着什么，她还是忘不了他，而他却已经忘记了她。晨诺似乎明白了什么，上线给他回了留言。

晨诺：你们的留言我都看了，你们现在不是过得很好吗？我也过得很好。既然这样，我们为什么不继续下去呢？让我们将彼此存入记忆里吧！我祝福你和玲娅，也不和威尧生气了，还遇到过一次毛毛雨，我已经提醒他和美美联系了。

晨诺含着泪把消息发了出去，居然马上就有回应了。

晨阳：我终于等到你了！我知道你一定会和我们联系的！

晨诺：你们都在守株待兔吗？

晨阳：所有人都在这儿，晨诺你应该明白我们在等你回来！你也在想我们对吗？干吗这样彼此折磨呢？

晨诺：想我？你也是吗？想我干吗？用什么样的身份去想？

晨阳：大哥，我用大哥的身份请你回来！现在不管你承不承认我是你的哥哥！我都只是想要你回来！大家都是，如果妈妈知道了，她会很担心的！明白吗？

晨诺：我在找妈妈，等我找到了，我会有自己的家！那儿是你的家，你好好照顾吧！

这时，麦克风传来威尧的声音："晨诺，你忘记了我们曾经在一起的快乐吗？你难道一点也不关心我的感受了吗？"

晨诺：威尧，对不起，我们已经结束了！我知道这对你来说很不公平，但是我真的不想再骗你！

威尧开始拿着麦克风发飙了："萧晨诺，你别太自以为是了！分手是两个人的事，不是你一个人说了就算的！我拒绝接受！"

晨诺：威尧别这样，再说你说过我不给你个合理的解释，我们就算结束了，所以你早就承认了！

"萧晨诺！你会因为这个决定而后悔的！"威尧冷笑着说完这句话，便丢下麦克风走了。晨阳和美美继续留下来和晨诺聊，玲娅追着威尧出门去了。

"威尧，你等等我，不要发这么大的火！"

"我没有你那么伟大，可以看着自己的心上人想着别的女人！"

因着晨阳向玲娅坦白了他和晨诺的关系，后面再对大家说起来也没什么好隐瞒的，现在威尧和玲娅倒是真的同病相怜了。

"你干吗冲我横？你以为我心里好受吗？当萧晨阳亲口告诉我，他爱着她的时候，你能想象我的感受吗？"

"那你知道，我受伤流着血而她却把我晾在一边，直奔向他的身影有多伤人吗？"

"好了，我们不要再这样争执下去了，说到底，我们都只是自以为已经得到，其实，根本就一点希望都没有。"

"这么说，你是放弃了？你甘心吗？我不甘心，因为她对我笑得比对他灿烂。我能给她快乐，所以我不会放手！"

"看来，还是我比较可怜，晨阳从来都没有正眼看过我，就算他试着接纳

我，心里面想着的也还是晨诺。我真的不明白，我哪里比萧晨诺差了？为什么你们一个个都围着她转？他明明已经在试着接纳我了，她干吗又突然出现？我知道，只要她一出现，我就一点机会都没有。不过，我也可以满足，因为他试过，只是没成功。"

"那你认为，我们可以试着忘记他们吗？你有几成把握会成功？一分都没有吧！哪怕他们心中都没有我们，我们还不是傻傻地爱上了？而且无法收手。"

"其实，我比你还傻，你是不知道晨诺已经心有所属，而我是明明知道他爱着别人，还要硬插上一脚。"

"是啊，和你比起来，我该满足了，最起码，晨诺曾经希望和我一起到老。我永远不会忘记她说过的每一句话，每一个表情，我相信她不是在骗我！她也曾想好好地和我在一起，只是，有些事情，和我们想象的不一样罢了。你在晨阳最为难的时候表白，是希望他感动吧？"

"就算他不感动，我还是要那么做，因为我知道，如果那时候不说，这辈子恐怕都没有机会说出口了。但是他居然接受了，看来他和晨诺比不容易。"

"我风风火火地遇到她，又风风火火地追她，天知道有多少人在看我的笑话，可笑的是，我却一直都以为她是真的喜欢我了。"

"其实，当初我看到她真心的笑容了，真的，她从来没有笑得那么简单过。也许她是真的被你感动了，只是感动永远都成不了爱！"

"不管在她心里我算什么，但我真的愿意为她做任何事情，她为我笑过，就算不是因为爱我，我也很满足，这至少可以证明我的付出也是有收获的！"

"这么说，你是放弃了！"

"我才没有呢！除非我看见，他们两个真的能够相爱相守，否则我是绝对不会放弃的！"

"可是，我们就这样一直不肯放手，他们又怎么相爱相守呢？"

"看来你是真的放弃了？那我们能做的就只有为他们祈祷了吗？好像不对吧。"

"当然不对了，我们应该恨他们，像电视里那样，想尽一切办法搞破坏，不是祈祷，是诅咒！"

"那好，我就诅咒他们，最多只能活两百年，谁也不会生病。这个很重要，因为这样他们就没有办法相互献殷勤了，儿孙成群，不累死他们才怪。"

"天下没有比这更恶毒的诅咒了，希望它能应验吧！"

"哈哈！"威尧跟着玲娅笑起来，而后又是沉默，两个不可一世、风风火火的人，此刻同为天涯沦落人，才发现在彼此面前，自己是透明的。

"你的嘴在笑，你的心却在滴血。"威尧首先停止了苦笑。

"你难道不是吗？你知道这个结果并非偶然。"

"你也知道，只要晨诺一出现，你就一点机会都没有。"

"其实，我们都是自欺欺人。"

"的确，但是我们好像还没有看见最终的结果啊！"

"一定要等着他们给我们结果吗？为什么不自己做主角？我们也可以安排一下他们的！我最讨厌的就是给人家当配角！"

"你这样是在帮那两个可恶的家伙拉红线！也对，让他们相爱相杀去，你对他们恨得可真是深啊！"

"是爱得很深，我都没问过晨阳为什么要给我希望，你不是也没问过晨诺为什么不守诺言吗？因为我们爱他们，所以，就算他们不说，我们也很清楚，不是吗？何必去问那些不必要的问题呢？"

"我终于知道，为什么你再怎么欺负晨诺，她最多都只是撇撇嘴了！因为她知道你是为她着想的，对吧！"

玲娅和威尧聊天时，晨阳和晨诺也聊完了，相继下了线。她没有问他和玲娅如何，因为晨诺的心在不断地告诉自己，那只是一场戏；他也没有要求她马上回来，他相信她在那边过得很好。谁也不再问那些敏感的问题，谁也不会要求对方做些什么，他们只不过希望知道彼此过得都很好。

江星海一直在身边看着她聊天，他不知道自己该怎么做，他只是感到，如果晨诺再理会萧晨阳，那他就一点机会都没有了，他其实什么也不能做，因为她根本不在意江家的优渥生活。他只是希望，尽量多留她一阵子。

第三十九章 一个好汉三个帮

　　最近的日子对于杨玲娅来说，是一种行尸走肉般的生活，他们四人亦忽近忽远地交往着。她甚至不知道自己是什么时候习惯低着头走路的。

　　"玲娅！"随着一声惊呼，她意识到自己撞到了东西，确切地说，应该是撞到一个她似曾相识的人。

　　"我跟你很熟吗？"玲娅没抬头就说道。

　　"你怎么还是这么没礼貌啊？把我撞到了，你连'对不起'都不说一声倒也算了，还这么冲？"她知道此人是谁了，这下就更别指望她道歉了。

　　"钟威尧，谁敢保证不是你撞的我？"

　　"玲娅，这么匆忙，要往哪里赶啊？"萧晨阳仍是那副云淡风轻的样子，"能在这里看见你真是难得啊……"美美也走了过来。

　　"嗨，大家都在啊，叫我过来有什么事吗？"

　　"也没什么，就是想让你帮着挑两个相框，你们女生不是最爱逛精品店吗？"晨阳轻轻地说。

　　"好啊！包你满意，是装谁的照片呢？"美美的眼睛瞪得老大，等着回音。

　　"你说还有谁值得我院两大帅哥如此器重？当然是咱们的小公主晨诺了。"玲娅故意拉高了调子，美美可能意识到了她潜藏的沮丧，拉着大伙便直奔精品店。

　　相框买好了，她俩似乎还没过足瘾，晨阳询问她们准备去哪里玩。

"我提议去爬山。"晨阳也没什么理由反对，便接受了玲娅的提议。把晨诺的照片带在身边，似乎她就和他们在一块。晨阳正看得入神，玲娅和美美便冲过来捣乱了。

"萧晨阳你怎么这么没义气啊？晨诺也是我们的朋友，干吗你一个人藏着啊？"玲娅利落地夺过他手里的相片。

"哇！才一个月不见，她怎么从公主变成天使了？我好羡慕哦。"

"好了，我们要出发了。"晨阳叫着美美去准备食物了，只剩下威尧和玲娅没话找话地乱扯。

"杨玲娅，这是什么山啊？根本就没有路嘛！"

"加油吧你们！我已经挑好爬的山了，还一个个跟不上来，真是缺乏锻炼！"

"你别那么得意，我可是在山里长大的。至于威尧，你大男人一个，自己加油吧！"晨阳不时照看着美美。

"杨玲娅，你放心，我死也不会求你帮忙！"

好不容易爬上山顶，威尧的心又开始痛了。站在这里，不用眺望就可以看见"天涯海角"的沙滩，在那水鸟栖息的地方，似乎还残留着她美丽的身影。

"喂！别看了，我知道你们去过那个地方，但你也别太失态了呀！"

"这不是回神了吗？有没有什么好玩的？"威尧知道自己的心思逃不过玲娅的眼睛，便故意扯开话题。

本想要烧烤，但一没材料，二没装备，大家只好悻悻而归。

第四十章 当我几天男朋友

"喂！钟威尧先生，可以和你商量个事情吗？"

"孩子，你想说什么就尽管说吧！"

"滚啦！别搞得跟我大叔似的。"

"杨玲娅，你有话就快说！"

"别这么凶，我只是想请你做我几天男朋友而已！"

"啊？"威尧吓得面色发白。

"我要你做我的男朋友。"杨玲娅重复一遍自己的话。

"你是傻了吗？我是钟威尧，不是萧晨阳。"

"就是你！"玲娅不耐烦地提高音量。

"我的心脏不好，受不了沉重打击，你还是另觅他人的好。"威尧的严词拒绝，令她气不打一处来，她那些整人的花招又一次冲击脑门。

"你到底想要干什么？"威尧实在忍受不了她的胡闹，只好咬牙切齿地答应下来。当玲娅正得意自己的胜利时，美美蹦蹦跳跳地跑过来看热闹。

"请问二位在做什么？"

"与你无关！"威尧巴不得这个看笑话的丫头快点消失。

美美瞧了一眼威尧可怜的神色，不禁一声叹息。

也不知道轧了多久的马路，终于找到了一块能坐的地方，美美和晨阳在有一搭没一搭地聊着。

"晨诺是我见过的最漂亮的女孩子了！"

"她要是有你这样的笑容就好了。"

玲娅懒得听他们聊，吃着自己手边的零食。

"玲娅，我记得有瓜子可以吃的，可以给我一点吗？"威尧坏笑着问她，玲娅便把剩下的丢给了他。

"这边还有橘子，你要不要？"

"给你吃了吧，便宜你了！"玲娅狠狠地啃着苹果。

"姐姐，我渴了，有没有水喝啊？"美美乖乖地问。

"没有。"回答得很干脆。

"连她也不给喝吗？"威尧不知死活地问。

玲娅一想，美美也没怎么她，只是因为看见晨阳那么在意晨诺而迁怒于她罢了，于是从口袋里掏出一个私藏的橘子，给美美递了过去。

"哇！你私藏这么多啊！"美美忍不住惊讶。

"少啰唆！有得吃就吃！"美美识相地接过橘子，跑到一边，不再招惹她这座随时都会爆发的活火山。

"我说，坐得也够久了，你是不是应该考虑一下到别处走走？"

"要走就走啦。"玲娅利索地起身往前走。

快上大道时，有那么一段施工路段，今天步行太多，玲娅的手便不自觉地拉上了威尧的衣服。

"其实你还是拉我的手比较安全。"威尧居然学会了温柔体贴。

还没等到她发飙，大家已经在一家"水吧"门口停了下来。玲娅第一个冲了进去。

玲娅大方的点单很平常，但不平常的是她居然为自己和威尧要了一杯情侣果汁。

"这有什么好奇怪的？我觉得它好喝不可以吗？这样不是为了避免浪费，为你们节省吗？"

玲娅说得振振有词，晨阳和美美也只好偷笑了，留下威尧独自去享受那份酸的甜。

第四十一章 被夹尾巴的狐狸

晨诺似乎基本习惯了江家的生活，就连她最担忧的江先生，也对她热情起来了，那些原本非常拗口的称呼，也适应些了。用星海的话来说，她和江家有不解之缘，她总会接纳的。江先生和江太太对她可谓是视如己出，对于那个天上掉下来的哥哥，她更是无可挑剔。

"晨诺，给你的卡里的钱怎么一分都没动？"江先生刚回来就生气地问。他不喜欢晨诺这么做，那等于把他的好意拒之千里。

"对不起，我实在是没有什么需要花钱的地方。"晨诺被他严肃的表情吓得不知所措。

"怎么了？你干吗冲孩子发这么大火？有什么话就慢慢说呀！"江太太赶过来解围。

"我今天叫刘秘书给她的卡还款，小刘说，她那张卡根本就没有刷过。我就不明白了，她怎么就不接受我的心意呢？难道她就没把我们当作一家人？"江先生不悦地对太太说。

"小诺，这到底是怎么回事？"江太太温柔地询问她。

"妈妈，您别生气，我的生活都被你们照顾着，根本用不着卡，绝对没有拒绝你们的意思！"晨诺不安地低下了头。

"爸爸、妈妈，你们就别为难小诺了，她习惯了节俭，你们没发现这个月，我花得也很少吗？"星海也护着她。

"是啊！这些日子，孩子们都很少出门，最多也就是陪我在公园里转转，你别多心了！"江太太就是好脾气。

"好吧！晨诺，我只是希望你明白，我是真的希望你能把这里当自己的家。另外，别老是往那些报社、杂志社投稿了，他们的稿酬太低了，等写得多了，我们出一本文集。"江先生一本正经地说着。

"您怎么知道我给他们投稿？"晨诺小心地问。她很奇怪，这件事情她做得很低调，星海也是无意中才知道的，难道他那么忙的人也有时间看杂志吗？

"我一个在杂志社做编辑的朋友告诉我的，你的文笔挺好的，很多人都这么认为，加油，希望我们家有一天可以出个作家。"江先生此刻已经笑逐颜开，江太太和星海也笑了，晨诺却羞红了脸。

"谢谢，我会努力的！"

江先生满意地点着头，走了，星海和江太太也相继离开，房间里只留下晨诺独自一人。江先生真的不简单，那些投稿的文章，她用的都是笔名，那些编辑都不知道她是谁，他居然能发现。晨诺忽然有种不寒而栗的感觉。或许，他已经留意她很久了吧！虽然她也没有做什么不好的事情，但她还是忍不住感到害怕。静下心来，她轻轻敲开了江先生书房的门。

"对不起，打扰您了。"

"别客气，我已经等你多时了，坐吧。"

"您在等我？您怎么知道我会来？"

"因为是你，所以会来，像你这么聪明的孩子不可能不多想。"江先生顿了顿，继续道，"和你相处了快两个月了吧，我看得很清楚，你对江家的钱没有什么兴趣，而且你好像对江家的人也没有什么兴趣，但是你却给这个家带来了生气，在这以前我是很少回来的。我知道，你现在已经做好了让我多了解你一些的准备。"

"您想听我的故事，是吗？"晨诺平静地听完他的话，而后沉稳地问道。

"对，希望你不要介意，我只是想知道，我们家的女儿心里有什么委屈或者愿望。"江先生恳切地说。

"我从来都没有想过要得到什么，是我的我会去珍惜，不是我的我不会奢求，我现在真的没有什么需要。"

"我也知道，你是个好孩子，你很聪明，应该能明白，我只是希望你能把这里当自己的家，把我们当你的家人，如果你愿意，我们完全可以做真正的一家人。"

"这怎么可以！"晨诺失态地大喊出声。非亲非故地怎么做一家人，难道他们在打她和星海的主意？可是星海也没表现出什么异常来呀？

"别这么激动，我只是打个比方，现在这样就很好。我一直都感觉你是个很压抑的女孩儿，我希望你放宽心，真正接纳我们，如果有什么困难，就把它说出来，我们帮你去解决。你放心，我和妈妈还有星海都会站在你这边的。"江先生轻轻抓住了晨诺颤抖的手，那是父亲的手，她的记忆深处一直珍藏的温暖的感觉。

"您真是个好父亲。"

"你叫我太太妈妈，应该叫我爸爸。"

"爸爸……"晨诺的眼泪又一次开始决堤。

"其实，没有一个父母不爱自己的子女，也许他们和孩子有些芥蒂，但是当孩子了解到他们的苦衷，明白了他们的处境时，也就不会有那道鸿沟了。"他平静地安慰着她。

"我不知道，您可以不问这个吗？"她太敏感，她一直在逃避心底的问题了。

"你必须面对，无论什么事情，只有去面对，才有解决的希望，我知道你很清楚这一点，但是你为什么就是不肯释放自己的情感呢？就算他们有什么不好……"

晨诺开始慢慢讲述她那个特殊的家庭，并且尽量让故事简单一些，而自己关于萧晨阳的那些烦恼，她下意识地完全省略了。

第四十二章 等价交换

"孩子，既然他们对你都好，你又何必让自己这么痛苦呢？这只是上一代的恩怨，与你何干呢？那个男孩既然也是你爸爸的孩子，而且对你也很好，那你不是更应该和他好好相处吗？做人不可以钻牛角尖的。"江先生的语气很温柔，让她完全放下了防备，最后竟泣不成声。

"我听说你妈妈在你小时候就失踪了？你想不想找到她？我可以帮你去找她。"晨诺被震惊了，他这是彻底调查过她了吗？居然连妈妈的事情都知道。

"你不要误会。我只是在把你正式请入江氏以前，先做了一些简单的了解。"江先生笑着拍了拍她的肩膀，像是要安抚她，却更像是要委以重任。

"您是什么意思？晨诺不明白。"她一时不能明白他的意思，只惶恐地望着他。

"星海妈妈的情况你想必也知道了，在你来之前，她需要按时服药才能缓解病情。你或许不知道，星海是双胞胎，只不过另一个女孩儿在刚出生的时候就夭折了。星海妈妈一直就梦想着再生一个女儿。可惜她为了生下双胞胎，身体受到很大伤害，这么多年，都没能如愿。这些年，这一直都是她的心病，慢慢地，她的精神就有些问题，越来越消沉抑郁，以至于到了不得不服药的地步。直到你来了，这才好转起来。或许你与我们长得相似，就是上天注定的缘分。"

晨诺被江先生的故事震惊了，没想到星海说的都是真的，自己确实是有

精神陪护的作用，这也不难理解为什么江家人对自己如此礼遇了。

　　见她听进去了，江先生又继续说："我们只有星海这么一个孩子，他虽然和你同岁，却不及你稳重，而且他对我的产业一点兴趣都没有，我想只要假以时日，你必能成大器，只希望将来，你能帮星海好好打理江氏。"

　　"我想星海他一定可以的，再说，江氏这么庞大的一个企业，怎么可以让我这个外人插足？而且我的爱好是文学，不是商务，谢谢您的抬爱，还请原谅我不能接受。"晨诺使劲地摇着头，希望他能明白她的决心。

　　"你是要拒绝我吗？我生平的全部产业和唯一的儿子，难道于你就没有一点诱惑吗？"他疑惑了，没有人经得起这样的诱惑，而她居然要拒绝。

　　"就因为江氏和星海是您的全部，我才不敢接受！因为我真的无能为力，而且，我和星海也真的不可能，我已经有喜欢的人了。"晨诺的声音小到她自己都听不见。

　　"你们并没有在一起不是吗？你可以忘记那些过去的，对吗？至于能力，是可以慢慢培养的，而且以你的聪明智慧，一定会很快。说到星海，你们相处得不是很愉快吗？"

　　"可是，相处愉快并不等同于喜欢啊，而且星海也不会同意的。"她只希望能把事情说清楚，她不希望他误解。

　　"是吗？他可是和我说过，他喜欢你已经快半年了，你给报社和杂志投稿的事情，也是他无意间透露给我的，他一直夸你很有才华，而且还非常欣赏你。我相信在感情方面他是不会和我撒谎的。"他显然是十分相信自己的儿子。

　　"可是，您难道不知道，我两个月之前才来到这个城市吗？他怎么可能喜欢我半年？是您误会了，我一直都当他是好朋友，绝不会是什么恋爱关系。"

　　"难道，你这么久以来对我们的关心都是假的吗？"

　　"不是那样的！我早就把你们当作自己的亲人了！"一个误会还没说明白，另一个又来了。

　　"但我还是希望你好好考虑一下我的提议，就算是只当我们家的女儿，也可以帮我管理这个家的，不是吗？就当是我帮你找寻亲生母亲的等价交换，怎么样？"

　　"我会尽力劝说星海继承家业的，谢谢您。"晨诺说不出自己此刻是什么心情，这么多年她都不记得妈妈的样子了，现在有人说要帮她找亲生妈妈，她做不到不动心。

"好的，你等我好消息。也希望你记住：不管怎么样，你都是我的女儿，一辈子都不可以赖账的。"江先生知道，对于这样的女孩，急于求成是没有用的，有些问题也只能从长计议了。

"不赖账的，您就放心吧，不早了，您早点休息，晚安。"晨诺见墙上的挂钟已经指到十二点，便起身告辞了。

第四十三章 我不想放你走

晨诺回到自己的房间，脑子里又多了一些疑惑，星海是不是真的说过喜欢了她半年的话呢？他们怎么可能已经认识半年了？

不过通过这次谈话，她也开朗了好多，江先生说得很对，有些事情是必须要去面对才能解决的。打开电脑，上了QQ。

晨阳：小诺，你怎么这么晚了还不睡觉？

晨诺：你不是也没有睡吗？不要忘记加衣服，小心感冒。

晨阳：你是萧晨诺吗？

晨诺：我是萧晨阳的妹妹，从来不肯叫他哥哥的那个妹妹。

晨阳：你？

晨诺：哥，我真的是你的小诺，你难道忘记我们一起看过候鸟吗？难道忘记了，我说我是池鱼，你是飞鸟吗？

晨阳：小诺，你不讨厌我了吗？

晨诺：为什么要讨厌你呀？你和妈妈对我不够好吗？再说了上一代的恩怨与我们何干啊？难不成，你不肯认我这个妹妹？

晨阳：这么多年，我盼你叫一声哥哥盼得好苦啊，你现在终于肯叫我哥哥了！你什么时候回来？

晨诺：放了寒假就回去，我们一块回去吧？

晨阳：你难道不要回来上学吗？

晨诺：从 Z 大转到 G 大容易，想回去是不可能啦！不过我们离得也不是很远，周末就可以见面的。我现在过得真的很好，你要是不放心，可以随时来看我。

晨阳：可我总会担心你的。

晨诺：我都快 19 岁了，还小啊？你应该让我学着长大。好了，我这个周末就来看你，下次换你来看我哦！

晨阳：你说真的？

晨诺：我什么时候说过假话？

晨阳：好了，我不问了。只是你的 180 度大转变，来得太突然了。我想问你是不去了趟火星啊？或者现在都还在那里？那我要在哪个飞碟站等你呢？

晨诺：你居然能说出这样的话！Z 市我还不是很陌生，到时候就在校门口等我吧，下午四点的车。

晨阳：我现在去给时间装个发动机，让它走快点。

晨诺：好了，我再不去睡觉，明天就要迟到了，拜拜。

晨诺飞快地下线，她现在也很兴奋，其实要和晨阳和解也不是那么难嘛。才定下神来，便听见江先生的房间传来一些吵闹声。这么晚了，会说些什么呢？

"爸爸，您为什么要这么做，您应该知道，这无疑是把诺妹妹往外赶。您不了解她，如果她觉得我对她抱有不切实际的想法，她就会无法继续和我们相处，难道您就那么希望这个家又像以前那样毫无生气吗？"

"以目前的情况，小诺是不会离开这个家的，只有让她放下所有芥蒂，开开心心地做我们家的姑娘，那才会长久。她还是很爱她的亲人的，你所谓的日久生情，又怎么敌得过人家的血浓于水呢？"

"爸爸，不管怎么说，您这样揭她的伤疤就是不好！"

江先生的声音哽咽了，晨诺顿时一惊，不假思索地跑了过去。

"你们怎么了？星海你不要惹爸爸生气，好不好？我既然说了你们是我的亲人，那我就是江家的女儿。我和家人联系上了，他也没有要我回去，只是让我有时间去看看他，放假了一起回去。我不会离开你们的。"晨诺一口气说

完心里的话，才发现他们正傻傻地看着她。

"对不起，我不是故意要偷听的。"

"我知道，你还是跟星海好好说说吧。"江先生的语重心长让晨诺感到无地自容。把星海带回房间，还不等她开口，他已经开腔了。

"你刚才说好永远都不会离开我们，不可以反悔的！"他还是不放心。

"我有说过要反悔吗？你能不能不要这么自以为是啊？我不过是说想回以前的学校去看看我的哥哥而已，这个自由总还是有的吧？"晨诺笑着安慰他。

"要是他们不让你回来了，怎么办？我知道那里的每个人都比我重要很多倍，你一定不要因为他们而把我给丢在一边。"他盯着她的眼睛很认真地问。

"的确，他们很重要，但是，你也很重要啊。还有爸爸和妈妈，你放心。我还是要烦着你的，你要是想把我给踢出去，简直是做梦。"晨诺轻轻地敲了敲他的脑袋。

"你可不准反悔！"他现在在意的，只是她是否会突然离开他。

"一定不会，回去睡觉吧，我明天还得上课呢。"晨诺把他推出门去，而后便一头钻进了被窝。

她不想花时间去研究自己为什么会那么信任江先生，但是她知道，她对于江家已经相当眷恋，不管怎么样，她也不想让他们难过。

尽管数了很多只羊，但这一夜对萧晨阳来说，还是一个不眠之夜，他害怕明天一觉醒来发现这一切都不是真的，他不介意晨诺只把他当哥哥，只要她肯对他笑，一切都没有关系。

第四十四章 愿情公园

"晨诺，你今天下午有课吗？陪我去愿情公园好不好？"晨诺刚刚从教室露出头来，就被等候多时的星海给截住了。

"没有啊，愿情公园在哪里？远不远啊？"来了有段时间了，该去的地方，也都被他领着去过了，怎么从没听说过这个公园？

"不算远，也不算近，但它很漂亮，是个很神秘的地方，我亲自给它命名的。"他说得跟什么宝贝似的。

"这样啊，那我必须得去看看了。"晨诺看着星海神秘的样子，早就好奇得要死了。

的确很神秘，星海都没开车，拉着晨诺就往郊外跑。末了，他们停在了一片安静的墓地边。极古老、极阴森的墓地，参天的古木遮住了所有的阳光，尽管他们已经浑身是汗，还是感觉得到有阵阵凉意不时袭来。

晨诺是第一个来到这里的人，确切来说，是他带来的第一个人。一般来说，这里应该让她惊叫害怕，但她没有，而是很平静地扫了一遍四周的断壁残垣。

没有路，也没有人迹，连鸟儿几乎都绝迹了。天上明明有火热的太阳，而这里仿佛已到了夜幕时分，她略懂碑文，知道很多都已经有几百年的历史了。

星海走到一块笔挺的石壁前，掏出匕首，刻了两个字——"江诺"，她没有发表任何意见，只因不知道该说些什么。

"星海……"晨诺还是哽住了，他似乎看出了她想问什么，轻轻勾起一抹微笑。

"想问我为什么叫它'愿情公园'吗？"他问。她看他一眼，小心地点点头。

"我还想知道你怎么发现的这里？"

"因为它安静，因为只有在这里，无论你待多久都不会有人来打搅，做什么事情也就不必介意别人的眼光，更不用想那些烦心的事情。我曾经在这里许愿'给我一点 Happy'，不就灵验了吗？你就是我的快乐啊！"

"这里有白天吗？"

"现在是光线最好的时候，其他时间会更阴暗，但是我并不害怕，因为人往往比这些更可怕。"他说这话时，眼睛里仿佛有些许忧郁在闪动，即便是贵公子，也难逃世俗的悲喜。

"有几座还是死囚合葬……"晨诺想告诉他从碑文上看见的一些东西。

"但那并不可怕，或许他们曾经很善良。"他仍旧不以为意。

"你也会有不快乐的时候，对吗？"也许，他也有他的苦衷。

"差不多，我最看不惯的就是这个世界上的人都围着钱转，所以我拒绝爸爸的一切。因为这个我和爸爸闹过很多别扭，是一次闹得很凶的时候发现这里的。"他的眼睛里充满了倔强。

"你应该明白爸爸的艰辛才对。"她能够理解江先生的心情，不管怎么样，他一定是为了星海好。

"那你又为什么不接受这一切呢？"他并不接受她的观点，回过头来反问她。

"因为它不是我的啊，爸爸就你这么一个儿子，你难道打算要他操劳一辈子吗？你已经不小了。"她答应过江先生要好好劝说星海的，就算星海反感，她也不得不说了。

"他现在不是有了你吗？你可以代替我好好做的，对吗？也算是我请你留下来的条件。"他的心意，根本就不是她的三言两语就能改变的。

"爸爸已经和我说过了，你们都误会了，我对江家的东西没有兴趣，不过，就算不在你们身边，我也还是这个家的女儿，随时都会回来看你们的。"

"但我真的舍不得你，你要我说几遍才肯相信，我真的只是希望你能永远留在我们身边，并不是想用钱财来拉拢你。"他这话说得格外诚恳。

"好了！我要说几遍你才肯相信，我会一直做江家的女儿的！但是老大哥，你也得让我回去看看我的家人吧？"

"好，就这么定了，你记得把晨阳他们的照片拿给我看。"他终于肯相信她了。

"当然，其实你也可以和我一起去，他们每个人都很好的。"晨诺一直都觉得应该让晨阳他们认识一下星海，那样他们也会比较放心。

"我知道，但是我还有其他安排。"他的脸色在某一瞬间有些微妙的变化，他几乎是生硬地回绝了晨诺的邀请。

"明白了，那你可不可以给我一张你的照片，我带给他们看？不然我回去不好交代。"这个要求应该不过分吧？

"到时候再说吧，现在我带你去看看鬼屋。"他还是在回绝，为了不至于让她想太多，他转移了话题。

第四十五章 温馨鬼屋

名为鬼屋，其实只是几间废弃的石洞屋子，很原始的感觉。房前的院子里长着厚厚的草，但是已经枯了，房边的树枝上还停了许多鸟儿。

"你不累吗？要不要休息一下啊？"

晨诺轻轻躺在舒服的草地上，枯草散发出神秘的幽香，这又让她想到自己长大的地方。闭上眼睛，回想着曾经的希望。

"喂，别只顾着享受，这里可是号称鬼屋！"

"哦，是吗？难道这里真的有鬼吗？"

"废话！要是没有能算鬼屋吗？"

"那好，你找个鬼来给我看看。"

"你睁开眼睛不就看见了吗？"

"好，让我看看你戴的面具。"晨诺漫不经心地睁开了眼睛，只是星海在盯着它看！

"就这么点伎俩，还想吓我啊？"

"你自己看那边的井里是什么？"星海神秘地指着一边。

晨诺漫不经心地望过去，随即屏住了呼吸。一股红色的液体，径自往外冒着，旁边印着很多奇怪的形状，似乎还有些若隐若现的人影……

"看见什么？好像你身后有人！"星海的声音也有点飘了。晨诺猛回头，随即尖叫。

"啊！有鬼！"她的眼前赫然是一个披头散发的骷髅女鬼。

"哈哈，这回终于看到你的胆小了，这是我藏在这里的秘密武器。"

"江星海，我不理你了，我要回去了。"

"不生气嘛！我错了，那些只是一些红色的石头，流点水就那样了。女鬼也只是个玩具，下不为例，好不好？"

"本来就该回去了嘛，你也不看看时间？"

"那是不是代表你不生气了？好，走吧！"星海显得很无奈。

"现在回去了，你打算做些什么？"

"没什么事啊！"

"那好，你陪我去找朋友玩吧，这么久了，你还真没跟我见过什么朋友呢，其实我的朋友早就想见我的神秘妹妹了。"

星海的表姐是个大美人，打扮也十分得体，而且还长了张晨诺很喜欢的圆脸，一看就很温柔。这位美女是学医的，晨诺一想到解剖室里的东西，她就不禁担心，这位美女会不会受欺负。

"你好，你就是星海常说的诺妹妹吧？我叫卢慈，早就想见见你了。"她笑得很甜，晨诺立即回礼。

"你好，打扰了，很抱歉。"

"哪里的话，我欢迎你还来不及呢，在这里也不知道该怎么招待你们，等放学了，一块儿去我家好吗？很近的。"

"姐，别担心，诺妹妹一直很好奇医学院的标本室。"星海不怀好意地笑着说。

"真的吗？那好吧，我带你们去参观一下吧。"卢慈说完便在前面带路，晨诺和星海立即跟了上去。

第四十六章 江家小公主

　　这是晨诺第一次看见尸体，倒并没有感到害怕，只是好奇地到处看。

　　"诺妹妹，你怎么了，不舒服吗？"星海关心地问。

　　"只是有点累了。"晨诺已经连眼皮都不愿抬了。

　　"是这样啊，来肩膀借你用。"他大方地拍拍胸。

　　"借你大腿一用还差不多。"

　　"啊？你要怎么用啊？"星海此刻是丈二的和尚摸不着头脑，她示意，他把脚伸到桌子上，然后便舒服地枕了上去。

　　"得，你舒服就好，你好好休息一下吧。姐姐下课了，我们就得走了。"

　　晨诺感觉着他的体温，很安全的感觉，她的梦里出现的仍是萧晨阳。晨阳的关怀，对于她永远都是奢望，她好想有一天也可以这么被他眷顾一回，虽然他一直都有心眷顾，但她却一直不敢接受，也许，做好他的妹妹，才最合适吧！晨诺决心好好做他妹妹，就像好好做星海的妹妹一样。这一梦淡淡地带着伤，也带着甜。

　　晨诺都想不起自己是什么时候醒来的了，只记得卢慈来过，和星海说了些什么就走了。那她一定也看见自己这副尊容了吧？

　　"星海，卢慈姐姐呢？"晨诺急急地问。

　　"她一小时前来过，现在已经走了。你还真能睡，压得我的腿都麻了！我们打道回府吧。哎哟！"星海正要起身，刚站起来，就又坐了回去。

"怎么了？你的腿？"不用想也知道是她的杰作。

"没事，还能用！再不回去妈妈一定急死了！"星海叫了车，两人坐进去。

"星海，卢慈姐姐那么漂亮，她的男朋友一定很帅吧？"

"她还没有男朋友呢！"星海回道。

"不会吧？那么漂亮，怎么会没人追呢？"晨诺的好奇心真的是达到高峰了。

"这我就不知道了，她的心中好像有个神秘的王子！你要真是好奇，就自己去问她吧。"

"得了吧！我才没有那么无聊呢！"晨诺调皮地吐吐舌头。

"想知道就问呗，她今晚就会到我们家来。"

"真的？"晨诺打心底里感觉到喜悦。

"你好像很喜欢她哦！怎么对我没那么热情呢？"

"你是不是妒忌了？谁叫她是大美女呢？"

"算你狠，我不跟你吵了，省得妈妈骂我。"

"我也懒得理你啊，卢慈姐姐已经在等我了。"

"谁说是在等你，万一是在等我呢？"

"那去问一下就知道了！"晨诺跑下车，直奔向卢慈。

"慈姐姐，你是在等我，还是等他啊？"

"你说呢？当然是我们的小公主咯！"她笑得很甜。

"别站在门口啊，快进来整理一下！"江太太招呼着。

"好的。"晨诺吻一下江太太，便钻进了房间，随便找件衣服换上，这时卢慈进来了。

"小诺，不介意我没有敲门吧？你很漂亮，但是衣服不可以这样穿，要根据自己的气质还有天气、心情等进行合理的搭配，脸上的妆容也要根据这些因素来调整，来，你坐下来，我帮你。"卢慈让晨诺坐在梳妆台前，经她一番拾掇，晨诺变成了一个美丽的公主，让晨诺好感动。

"看看你多漂亮啊？以后就不要那么素面朝天的了，好吗？你妈妈没教过你这些吗？"卢慈不经意地问着。晨诺的眼睛顿时失去了色彩，她吓了一跳。

"小诺你怎么了？为什么不高兴了？我说错话了吗？对不起啊。"

"没关系，只是我妈妈从小就离开了。"

"对不起，你别不开心了，来照照镜子，漂亮吗？"

"漂亮。"

"走，让他们看看。"卢慈拉着晨诺进了大厅。

"哇！诺妹妹，我相信你一定是我见过最漂亮的公主！"星海忍不住惊叹道。晨诺极不自在地低下了头，她想知道，如果妈妈在身边，她会不会天天都是公主？如果萧晨阳不是她哥的话，那他会不会是王子？

"小诺，过来让妈妈看看你，真是漂亮！别低着头，让妈妈看看，还不好意思呢！小慈你可真手巧！"

"这哪是我手巧，是我们小诺天生丽质！"

第四十七章 期待

晨诺跟着星海和卢慈又学到了很多东西。当静下来的时候，她才想到即将见面的朋友们。和以前不一样，她这次最先收到的是美美的留言：

晨诺，好高兴你就快回来了，毛毛雨就像蒸发了一样，等你回来，成了我唯一可以做的有点意义的事情了。Baby，I miss you（想你）！

虽然没有几句，但晨诺心里还是甜甜的，她不禁奇怪，美美和毛毛雨以前不是很认真的样子吗？怎么说失踪就失踪了啊？但她也没什么办法，最多就是遇到了提醒他和她联系。但她还真的遇到他了。

毛毛雨：小诺，最近过得好吗？

晨诺：我倒是很好，但你就很不好了，你让美美很难过。

毛毛雨：为什么这么说？我和她只是普通的网友，再说我也只是见过她几次而已。

晨诺：你怎么可以无视别人的感觉？你难道看不出她很喜欢你吗？

毛毛雨：我们之间什么都没有说，也什么都没有做，我只是到Z市去玩，顺便去看看她而已。

晨诺：你好可怕，居然对别人的真心无动于衷，你就是个石头人！

毛毛雨：你说我是石头人？那你是什么？我也为了你费尽心思，你还不是要回到萧晨阳的身边吗？

晨诺：你什么意思？你几时为我费尽心思了？我们只见过一次，而且那

么暗的灯光，我都不曾看清你的长相，你难道能记得我的样子吗？

毛毛雨：怪灯光不好吗？为什么我能看见你，而你却永远也看不见我？为什么我天天在你身边你还是视而不见？如果说我真的辜负陆美美，那也是你害的！

晨诺：你神经病！我们根本就不认识，别以为在网上，你就可以胡言乱语。我真替美美不值！

晨诺飞快地下线，一个人坐到床上生闷气。天下居然有这样的人，自己负心薄幸，还要怪她，真是可恶！

也不知道过了多久，只听见星海的房间忽然传来了物体碰撞之声，晨诺不假思索地冲了过去。

"星海，你干吗喝酒啊？还喝了这么多，你到底在做什么呀？谁惹你生气了？"晨诺急急地问。星海已经醉得一塌糊涂，为了不惊动江太太，她只好努力去安抚了。

"大哥，你这是干吗？说话呀！"

"不要叫我哥！我们本来就不是什么兄妹，你后天就会去见你自己的大哥，我什么都不是，所以别叫我哥！你就算不能和他在一起也还是会留在他身边，不要叫我哥！后天，你知道后天是我的生日吗？"星海发疯似的呐喊着，关于晨诺的那些心事，他早就看得很明白了，想到自己的无足轻重，他的表情很快又变成了冷笑。

她愣住了，后天是星海的生日，她的生日也是在后天哪！只是长这么大她从来没有过过罢了，她几乎都已经忘记了。

"你为什么这样啊？我是认真要做你妹妹的，我只是回去看看晨阳他们，我还会回来的，你难道就是为了这个喝酒吗？不要这样好不好？我会难过的。"

她的悲伤也在跟着释放，晨阳以前都帮她记着生日，只是她每次都不配合，就连收他的礼物也不会说谢谢。只是不知道后天他还能不能记得那是她的生日。

"你难过？我又不是你哥，也不是你男朋友，你到现在为止都还不认识我，你难过什么？"他很不耐烦地朝她怒吼着。

"你为什么这么说？我们每天都见面，我怎么会不认识你呢？求你了，别喝了，清醒一点吧！"晨诺自己那些忧郁也只能放一边，现在她真是一个头两个大了。

"我没有什么时候比现在更清醒，我虽然在你身边，但你根本看不见我，是不是？你根本就看不见我！"他的愤怒突然消失了，只显示出一脸的悲伤。

"你再这样我就不理你了！你到底想怎么样啊？"如果他再这么不可理喻，她就只能叫江太太了。

"不要回去好不好？"他望着她，几近哀求地说。她隐约感觉到心痛，泪跟着落了下来，他这样子让她心痛，但这一次她非回去不可，她唯一可以给他的安慰就是保证一定回来。

"对不起，我必须把该处理的处理好，我必须看见他们都过得很好，才能安心。但我可以保证，我一定会回来，你相信我好不好？拜托你了。"晨诺无力地恳求他，他看着她流泪的脸，似乎一下子回了神，用尽力气抱住了她。

"我不要赌运气，我好怕，我知道，只要他一点点示意，你就会不顾一切地冲向他，我能感觉得到你心里对他的强烈情感，我不敢赌，因为我输不起，我求你不要那么残忍！"他的眼泪也流下来了，此刻他看起来像是个可怜的孩子。

"你不要忘记了，我和晨阳是亲兄妹，我们毫无可能，就算为了我们可以彼此解脱，我也一定会回来，真的，我还要为了你们而回来，因为我爱你们！相信我！"她把他的手握得紧紧的，想让他感觉到自己的真心。

晨诺费了九牛二虎之力，好不容易才把他安抚下来，但今夜她又无眠。后天她回去看她的哥哥，从此以后，他就只是她的哥哥，而她也永远都只能做他妹妹。

这一夜，有伤离别的，也有盼归来的，还有一个独自站在房间窗口边，没开灯，因为他知道，就算开灯，她也看不见他。他想起了阿桑的歌：明明是三个人的电影，我却始终不能有姓名。

他好想留住她，他能感觉得到她心里的每一点思念，没有人比他更清楚这有多么危险，也许她自己都还自以为她可以很简单地来和去，但他却清楚极了，他不想放手，于是千方百计地挽留，本以为近在咫尺，却还是相距天涯！若她于他只是一只候鸟，那他能不能也长上一对翅膀，陪她一起去寻找春天？哪怕他有可能会累死在无人知道的路上！其实他也想过要放弃，但当她突然出现在他面前时，他就知道，自己掉进去了！

第四十八章 生日

今天是江家的大日子，因为晨诺明天要走，所以大家决定在今天给他们提前过生日。他们的生日 12 月 25 日，是两个生在圣诞节的孩子，晨诺在心底还有几分庆幸，至少，这样比较不容易被忘记，而星海却觉得这样很不划算，因为圣诞节和生日只能过一次。

江家人把这次生日搞得像个巨型庆典，一大早起来就各自忙碌开了。这时晨诺才蒙眬地睁开眼睛，若不是外面吵闹的声音有些大，她或许还能再睡会儿。

糊里糊涂地洗漱完，刚一开门一束鲜花就凑上来了，晨诺不由自主地向后退了一步。

"诺妹妹生日快乐！"是星海藏在那花的后面。

"你还是不要叫我妹妹了，也许我还是姐姐呢！"晨诺忽然觉得有点冤，明明同一天出生的，怎么就当了他那么久的妹妹呢？

"那至少我比你高一个年级，叫你妹妹也很合理啊。这花是送给你的，祝愿你越来越漂亮！"星海把花递到她手里，脸上的笑容灿烂得都快要盖过这花了。

"谢谢了，可是我都没准备。"

"你哪里还用准备什么啊？有你在就是最好的礼物了，打扮得漂亮些再出来吧！我那些伙伴还没见过你的庐山真面目呢！"为了不至于引起过多人的议论，晨诺在学校的时候一直有意地回避着星海，以至于连他的朋友们也没有见过。

"对不起，今天有很多人吗？"听到他这么一说，她有些担心，如果那些人都来了，她应该怎么应付呢？

"你不要担心了，他们都很随和的，你只管打扮好就可以了，好让我在那些家伙面前炫耀一下。"星海是越说越美了。

"哦。那你先去准备你自己的吧。"晨诺把花摆动到桌上，才看见星海居然还穿着睡衣，看来他起得也不比自己早多少。

"对了，卢慈姐姐今天要来得晚点，我叫妈妈来帮你化妆怎么样？"星海刚转身，又忽然想起了晨诺化妆的问题。

"没关系了，我可以的，反正我也天生丽质啊。"晨诺调皮地冲星海笑笑，她对于妆饰一直都不怎么在乎的。

星海离开后，晨诺又退回房间，在梳妆台旁琢磨了一会儿，也没啥收获，正准备出去，江太太就进来了。

"小诺，生日快乐，这是刚刚给你做好的衣服，你看合不合适？"江太太一边笑盈盈地祝福她，一边把一件粉色的绸质小礼服在她身上比画着。

"妈妈，没必要这么隆重吧？我有点不习惯。"晨诺羞愧地低下头，这些日子她接受江家的还少吗？现在才说不习惯是不是有点迟？

"你是江家的女儿嘛，怎么能太委屈了呢！你先换上，我再给你化妆。"

晨诺乖乖地把衣服换上，然后坐下来，任由江太太手法敏捷地在她脸上施展化妆技巧。末了，再为她戴上一条漂亮的白金项链。

"这条项链是你爸爸当年送给我的，现在我把它送给你，你戴着可比我戴着好看多了。"她一边说一边欣赏着自己的杰作。

"对不起，我不能要！"晨诺惶恐极了。

"我知道你的心思，我们都是真心喜欢你，你不必觉得亏欠，如果你把我们的关心当成一种负担，那我们就真要伤心了。"江太太似乎一眼就看穿了晨诺的心思。

晨诺再也不做什么反驳，等一切都整顿好了，江太太把她推到镜子前面，

"你也好好欣赏一下，我去看看星海。"江太太说完便离开了，只留下晨

诺一个人在那里发愣。

晨诺简单地打量一下，就出了房间。刚一出门就看见了星海，按照安排，她和星海手挽着手走向了前厅。

果然很隆重，连走廊上都挂满了装饰花藤，走到前厅更是一片灯火辉煌，厅内已经来了很多客人，大厅中间放了好大一个圆桌，桌子上面堆满了包装精致的礼物，在靠墙的位置已经有乐队就位了，天花板上的装饰彩灯正把这一切点缀得富丽堂皇。

晨诺呆了，这只是一个生日派对吗？是她的生日派对吗？她忽然有些胆怯，不知所措地驻足了。

"诺妹妹怎么不走了？他们都在等我们呢！"星海不解地问道。

"我们一定要这样吗？怎么会有那么多人？"她小声地询问着，面对这样的场面，她忽然觉得自己好卑微。

"什么这样？你跟着我就对了。"星海似乎很心急，这可是他的生日派对啊，他是主角，怎么能不心急呢！晨诺无语了，小心地跟着星海走到众人前面。

江先生和江太太也正好走到他们旁边，四个人很默契地笑笑，而后是江先生开始说话。

"各位来宾，各位朋友，感谢你们来参加我的儿子江星海和我的义女萧晨诺的生日派对，我在此代表两个孩子，对大家表示衷心的感谢！"

江先生说完台下的人开始鼓掌，还有人用摄像机一类的东西不住拍摄。晨诺开始不安了，难道他们还叫了记者？她的猜测很快得到了证实，因为一个记者模样的女人已经举着话筒问话了。

"请问江先生，外面传言您的义女萧晨诺小姐将会是您未来的儿媳妇，并且您将会把江氏企业传给她，请问这是真的吗？"

"关于这个问题，我想大家是误会了，星海和晨诺今天才 19 岁，他们未来的路还很长，不是我们能规定的；而晨诺既然已经是我的义女了，我自然会让她的生活有一定保障。今天是孩子的生日宴会，各位记者朋友也只管开心一下，工作就先放放吧！我们一家四口会很感激各位的。"

江先生似乎很能应付这样的场合，不仅把问题对付过去，而且还委婉地拒绝了接下来的麻烦。晨诺在心里一阵佩服，当她听见江先生说一家四口时，脸就不自觉地红了。

接下来，伴随着美好的音乐，晨诺跟着星海去给那些长辈们问好，她知道都是些平日里见不着的大人物。所有的人都见过了，星海便把晨诺带到了一群年轻的客人面前。

"嗨！我妹妹很漂亮吧？"星海的严肃形象突然变了，用脚也能想象这些人就是他的朋友们了。

"你们好。"晨诺很礼貌地打了个招呼。星海的朋友们倒是很随意，只是没有一个是她认识的，虽然跟他们坐在一起，也只是听他们在嘻嘻哈哈。

也不知道过了多久，晨诺看见江太太和梅姨已经把一个巨大的蛋糕推到了大厅中间，所有人都围了过来，星海也把晨诺拉到中间去：许愿、吹蜡烛、分蛋糕。

一直到有人站到前面她才清醒过来。

"慈姐姐！"晨诺兴奋地叫了一声，终于来了一个她认识的人。卢慈好像来得很匆忙，还穿着白大褂。

"生日快乐！我给你们两个准备了一份很特别的礼物！"卢慈脸上依旧是甜甜的笑容，手里拿着个漂亮的盒子向他们摇了摇。

"是什么？"星海十分好奇地询问着，他们已经收到很多礼物了，而她说很特别，自然就让他十分好奇了。

"啦啦啦！"卢慈敏捷地拆开了盒子，众人一看，盒子里居然是两个献血证，卢慈早就知道大家在疑惑，随即就开始解说了。

"生命的意义在于奉献，献血就是一项无上光荣的奉献，你们不觉得在生日的时候去献血很有纪念意义吗？"

"是啊！我们去献血吧！"晨诺真的兴奋起来了，她早就想要去献血了！

"好主意！可是，我们现在不能跟你去医院啊！"星海忽然想到了一个重要问题。

"不用去医院啊！我们的献血车今天刚好在这边流动采血，现在就停在外面呢！"卢慈笑着说道。

晨诺兴奋地向外面走去，星海和一群客人也跟了出去，医院专用的采血车果真就停在江家大门外，车外还有些人在排队等候。晨诺想也没想就直接

排在后面，星海紧随其后。

"你好，我献血。"终于轮到时，晨诺高兴地上车对护士小姐说道。

护士熟练地确认一下他们的血型，问了一些比较常规的问题，就开始采血了。

"血库B型血告急，你们可帮了大忙了！"卢慈笑着送他们两个下车。

"助人为快乐之本嘛！"晨诺一边按着止血棉签，一边笑着回答。

献血之后，晨诺和星海只随便吃了点东西就回房间去休息了，客人也相继散了。至于那些礼物，都是些奇珍异宝，更适合江家而不适合萧晨诺，倒是那个献血证对她更有意义。

第四十九章 预料中的再会

虽然累得半死，但萧晨诺依旧兴奋得一夜无眠，此刻卢慈正帮她整理行装。江星海或许也是一夜无眠，眼睛都有些红了。他看着她忙碌，似乎有好多话，都不知道该怎么说出口，但她此刻没有心情去想这些事情。还来不及听完江星海和江太太的叮嘱，她已经跳上了车。

车子乌龟似的爬到了Z市，刚刚进站，萧晨诺就已经看见了等待她的人们，其中还有她盼望见的人。车还没停稳，她已经跳了下去，一群人立即拥了上来。

"晨诺，我们等了好久哦！"玲娅一直都是最热情的人。

"快让我好好看看你们！"晨诺说完，仔细地打量起每个人。

玲娅的脸还那么圆，肉乎乎的，依旧很漂亮，一双灵动的凤眼，鬼点子若隐若现；美美看起来还是那么单纯，樱唇上的一抹红，让她显得十分水灵；威尧还是爱穿清爽的休闲装，强悍与伟岸一点没变。最后，晨诺的目光锁定了他，他也正注视着她，四目相对的刹那，她听见了自己急促的心跳声，他的眼神总会让她不知所措，好不容易静下心来仔细看看他。乌亮的头发，精致的五官，加上白皙的皮肤，浅浅的微笑点缀出一种爽朗的神采，帅气得无可挑剔。

大家静对了好久，最后相视一笑。

"晨诺你变美了！"美美和玲娅赞美着。

"你们也变漂亮了啊！"

"坐了这么久的车，一定很累吧？我们先回去休息一下。"

"对呀！我不是让你们在校门口等我就好了吗？干吗还跑到这里来呀？你们怎么知道我在这个站下车啊？"

"G市来的车都在这里嘛！"美美扭了一下小巧的脖子，得意地说。

"难道不希望在这里见到我们？好伤心哦。"玲娅依旧不肯放过每一个逗她的机会。

"好了，我们回去吧。"晨阳拿着行李先走，晨诺拉着美美跟上去，玲娅在后面陪着威尧。

"干吗走这么慢？还是看不惯他们呀？"

"你不是也走得很慢吗？还不是一样！"威尧也没有一点示弱的意思。

"我好心好意搭理你，还不领情，伤心。"

"你有什么好伤心的？不会想趁火打劫吧？"

"你少臭美啦！今天就好好给我当男朋友吧！"玲娅一边说，一边在威尧的手上掐了一下。

"啊！"威尧在玲娅的魔爪下惨叫。晨诺等人向后看去，不禁笑弯了腰。

"美美，他们什么时候好上了呀？还真想不到呀！"晨诺笑道。

"我只是借给她当男朋友而已！"他又贫了。晨诺趁机和美美分享近况，原来她还错过了好多好玩的事情。

再次回到Z大的萧晨诺，就像个归家的游子，拉着美美等人把整个校园都转了一遍。最后回到晨阳新找到的公寓里歇脚，那是一栋有些古老的小建筑，三楼一共五个房间，他们占了四个，还有一个他们也给租了下来，应该是留给晨诺的。刚进门，众人就来"审问"她了。

"当时为什么要不辞而别？而且为什么事情都弄明白了，你还不肯回来呀？回来了，又为什么老半天不肯理我？"威尧还是喜欢问"为什么"。

"因为那时我不想理你，你跟我闹，我就只希望走得越远越好。至于现在，我就更不想理你喽！"晨诺已经很久没和他贫了，还真是有点怀念。

"你过分！你难道不知道我很喜欢你吗？"威尧完全禁不住她的打击。

"都成了人家男朋友了，还说这样的话？"晨诺调皮地吐吐舌头，玲娅一把把威尧拉了过去。

"那你每次给我们留言都没说你想不想我们，你是不是真的不想我们呀？"
美美撇着小嘴，似乎很不满。

"没有这回事，不想你们我干吗还回来啊！"

"看你这身行头，你日子过得挺好啊？"玲娅问道。

第五十章 星海的秘密

晨诺大概地把在江家的经历说了一下，听得大伙儿一愣一愣的。

"哇！这么罗曼蒂克的事，我怎么遇不到呢？"玲娅口水都快流出来了。

"你在那里过得真的很好吗？"晨阳关心的永远都是她过得好不好。

"真的很好，江先生和江太太都是很善良的人，星海也是个很单纯的男孩子，他很可爱。只要看见他，你会发现世界立刻就变了样，还有卢慈，是那种好能干、好温柔、好漂亮的女孩儿！"

"卢慈怎么样，我没有兴趣，说说那个星海，到底什么样？"玲娅着急地问着。

"好啊，请问威尧哥哥是不是同意我说给她听？"晨诺有点想看威尧吃醋的样子了。

"你别老是当我是花痴好不好？人家是在为美美操心！"玲娅说得众人一头雾水。

"哦！星海和晨阳哥哥的形象不同，皮肤白皙，五官精致，有一张比女人还要漂亮的脸。他的眼睛和晨阳哥哥有点像，只可惜没有带来照片给你们看，不然很容易就明白了。唯一美中不足的就是眼角有颗痣，淡淡的。"晨诺尽量仔细地描述着。

"是左眼角吗？他的睫毛是不是很长？有时候会习惯性地甩一甩他乌亮的头发？原来他叫江星海？"美美接着晨诺的话继续描述起来。

"美美你怎么猜得这么准？"

"这哪是猜的，她相思成疾，按照毛毛雨的样子跟你说的。该不会他就是毛毛雨吧？"

"不会错的，我记得他的一颦一笑，他表面上看起来很绅士，其实很调皮。"美美越说越像那么回事了。

"怎么会这样？"晨诺这一惊还真是非同小可，难怪觉得星海面善！原来是因为像毛毛雨呀！而且星海也说过已经认识她半年了，不弄清楚，看来是不能安心了。

"喂，星海哥哥吗？我是晨诺。"她拿起电话很快便接通了。

"小诺，见到他了吗？什么时候回来？"他大概还不知道发生了什么事情。

"我才刚刚来嘛，你不要着急呀！"

"你会舍不得他们吗？不要忘记你答应过的，一定要回到我们身边，不要食言哦！"电话开的是免提，所有人都屏住了呼吸。

"嗯，好的，我知道，他是我的亲大哥嘛！再怎么说也要和他玩几天。我是想问你一件事情，你认识陆美美吗？"晨诺问道。

良久的沉默过后，他说话了。

"该来的还是要来，看来你什么都知道了。"

"你难道不应该解释一下吗？"

"没什么好说的，早点回来，大家都在等你。"星海在那边叹了口气，没有继续和她继续的意思。

"对不起，我想我不回去了！"晨诺忽然来了火气。

"为什么？就因为我有个网名叫毛毛雨？就因为我认识一个叫陆美美的女孩吗？你不觉得这是两码事吗？"

"对不起，我要和我的亲大哥还有我的朋友们在一起！"她实在不知道现在还能不能相信星海了。

"好了，我知道该怎么做了，再见。"星海挂了电话。

"为什么要告诉他你不回去了？"晨阳平静地问她。

"因为我天天见他，他居然不告诉我他就是毛毛雨。对不起，我很惭愧！"晨诺越说越是伤感。

"不要难过，今天是你的生日，我们都有为你准备礼物，虽然不会像江家那么奢华，但是都是我们的真心，开心起来，好吗？"晨阳根本不介意什么毛毛雨，什么美美，他现在只想和他的小天使过一个快乐的生日。

"我什么礼物都没有带，因为都是江家的，对不起。不管怎么说，你是我亲大哥，我从今往后，都会听你的话，再也不惹你生气了。我去看看美美。"晨诺保证似的对他笑笑，接着来到美美身边，她的眼泪已经像连成了串的珠子，不停地往下掉。

"美美，对不起，是我太粗心，我真的不是故意的，那天晚上的灯光真的好暗，我没有看清他的脸，所以在 G 市我也没有认出他来。对不起！"

"不关你的事，我只是伤心他明明知道我喜欢他，为什么还不肯和我联系，就算他喜欢你，我也没有什么好说的，只是好想哭！晨诺，我真的很喜欢你，我从来都没有怪你什么，真的，现在没有，以后也不会有，我就是难过！"美美呜咽着，晨诺虽然不知道星海是美美的心上人，而且他和她什么也没有，但她还是不能原谅自己，她怎么会那么笨！他不是已经表现得很明显了吗？

第五十一章 不速之客

次日一大早，一个不速之客的到来，令一切又不平静了。

"星海？你怎么会在这里？"晨诺眼珠子都快掉下来了。

"毛毛雨！"美美惊叫起来，眼泪顺着脸颊流了下来。

"我是来接小诺回家的。"江星海无视任何人，拉着晨诺就准备离开。

"站住，江少爷！"晨阳拦在了他面前。

"这位同学，她是我们江氏的大小姐，而且也不是你们这里的学生，我有权利带我的妹妹回家。"星海骄傲地抬头，挑衅似的看着他。四目相对那一刹那，两人同时一惊，那两双眼睛真的好像！玲娅和威尧正准备见机行事，美美已经哭成泪人。

"哥，你放心，我只是跟他把话说明白，很快就会回来。"她保证似的说，其实她自己都不相信自己的保证了，对威尧、对星海，她都保证过，但她都失信了。但是，晨阳却很信任她，轻轻地点点头，转身去安慰伤心的美美。

"为什么，他进来了，连看都不看我一眼？"美美的悲伤已经不可抑制了。

"别难过，他还会再回来的。"晨阳始终相信晨诺答应过他的。

跟着星海走了好一段，来到一段林荫道上，晨诺停了下来，没有要继续走的意思。

"好了，有什么话，就在这里说吧。"晨诺拉住了星海。

"小诺，这么久了，你难道看不见我的良苦用心吗？我一直不肯告诉你，

就是怕你因为美美而疏远我。我知道，你愿意和我做朋友，但是我不愿意，因为我喜欢你，好喜欢的那种！我和美美真的只是网友，她很可爱，我无聊时到Z市转转，只是顺便去看看她而已。但是没想到，我在这里遇到了你，我不由自主地爱上你了，也许你会笑我，但是这是真的，可你偏偏有了钟威尧，我也想过要放弃，我回到G市，但你又转了过去。你认不出我，我就直接带你去了我家，我没有其他想法，就是只希望可以对你好，可以看见你。我不相信，难道你真的就对我没有一点感觉吗？你确定不要跟我回去吗？你答应过的！"星海越说越动情，最后居然流下了眼泪。

"你难道对美美就没有一点感觉吗？她有多喜欢你，你知道吗？"她没有心思去回答他的问题，她现在比较关心美美。

"我知道，我已经告诉过她了：我们只能做朋友。我早就爱上你了，就在第一次看见你的时候。现在请回答我，要不要跟我回去？"

"我不要！"晨诺说得斩钉截铁。

"我现在只希望你兑现你的诺言！"

"你这么做有没有考虑过美美的感受？"晨诺的火气也上来了，音量不自觉地升高了。

"只要她可以平静下来，我还愿意和她做朋友。如果大家可以相安无事，我可以试着接受你的朋友，但是你必须得跟我回去。"他说得很坚决，晨诺知道，只要他说出口了，多半都没有回旋的余地。

"其他的事情以后再说，只希望你真的可以和他们相安无事，我们还是先回去吧！他们会担心。"

晨诺说完就朝来的方向折了回去，星海的神情依旧很严肃，但也只能无奈地跟着她回去，看来要让她跟自己走，必须得多费点工夫了。

"对不起，各位，我太唐突了。"回到晨阳等人面前后他说道。晨诺突然感到不知所措，自负得要命的江星海，居然为了她向别人低头！幸好并没有谁刁难他。给他们相互介绍过后，晨诺暂时喘了口气，先安顿下来，再慢慢想办法解决问题吧！

尽管气氛有点尴尬，但能这样，晨诺已经很满足了。

但是，星海却不满足。

"喂！你们这里怎么这么冷啊？"

"你什么意思？"玲娅奇怪地问。

"我不希望你们这样待我！平时你们都是怎么生活的？可不可以恢复正常？我还要和你们常来常往的，这样下去怎么行！"

"什么？你打算长住？大少爷，你就不怕受委屈啊？"玲娅吓了一跳。

"怕就不会到 Z 市来了！"

"来了还不是无济于事！"

"杨玲娅，你说谁没用呢？"星海的头发都竖起来了。

"对不起，玲娅平时和我们这么闹惯了。"晨阳立刻过来解围，他可不希望自己的妹子莫名其妙地被人欺负。

"我还以为他多好呢！什么嘛！"

"难道你们一直都是这样交往的吗？"

"不喜欢，你就走人！"威尧下了逐客令。

"是吗？那我带晨诺一起行不行？"

"你最好给我老实点，我还想安安静静过几天日子呢。"晨诺马上表明立场。

"那么是不是只要我跟他们和平共处，你就和我回家？"

"差不多。"晨诺无奈地点点头。

"好，我住这个房间！"星海钻进房间，再也没出来。

"他霸占了我的房间。"威尧叫了起来。

"算了，你跟我挤吧！"晨阳实在不希望看见晨诺为难的样子。

星海虽然霸占了这里最好的一个房间，但这并不代表他就满意了。他郁闷之际，有人来敲门了。星海极不情愿地把门打开。

"小诺你不生气了吗？肯来看我了？"

"不欢迎吗？给你送点吃的，还给你带了个枕头，怕你睡得不舒服，这里的环境还过得去吧？"

"小诺，你还是跟我回去吧！"

"是简单了些，但是在学校也不需要那么豪华啊，你没住过校，当然不知道学校的环境了。为了大家能聚到一起，大哥费了好大劲才租到这套房子。"

"还要费好大的劲？多花点钱，比这好几百倍的都有了。"

"如果只是钱，就没那么值得珍惜了，有些感情是要慢慢去体验的。也许你暂时不明白，但我相信有一天你能懂的。"

"我明白，我相信有一天，你一定可以明白我的感情！"

"我是希望你好好想明白，你到底为什么一定要故意找他们麻烦？"晨诺毕竟和他生活了那么长时间，多少还是有点了解他的为人，他不是这样子不可理喻的。

"我可以和美美像刚开始那样做朋友，但我不要她做我的女朋友！你如果要用这个枕头交换的话，我觉得你该回房睡觉了，祝你做个好梦。"

晨诺被他赶回房，玲娅和美美已经在那里等着她了。

"你们谈得怎么样了？他还好吗？"玲娅小心地问。

"挺好的，我给他送了个枕头，你们怎么还不去睡觉？"

"睡不着，想来找你说说话。"

"美美，我很抱歉，但是我真的什么不知道他就是你的毛毛雨。"

"这也不怪你，你又没有要他爱上你，我们之间，有很多话根本就不用说，不是吗？我和玲娅只是想和你好好聊聊天。"

"好啊！聊什么呢？"

"学校最近又有……"

从学习到明星，她们天南海北地聊开了，还和以前一样，没有芥蒂，不需要解释什么。

三姐妹挤在一个小房间里，安静地睡去了，威尧和晨阳却仍旧各自守着一扇窗，静静地望着斜对面的房间。威尧知道晨诺不爱他，就算没有晨阳没有星海，她也不会爱他。而晨阳很清楚地感觉到江星海的蛮横是装出来的，目的只是希望晨诺跟他走，每次和那个叫江星海的男孩对峙时，他都能感觉到自己的心跳变速。晨阳摸着自己的眼眶，为什么会那么像呢？他不知道。

第五十二章 噩耗

日子过得很快，眼看又一天过去了，江星海急成了热锅上的蚂蚁，现在只有他最清楚时间意味着什么，那是晨诺的生命！每耽误一秒钟晨诺的生命就会危险一分，家里已经打过很多次电话了，一直催促着他快些把她带回去。可是，他却不能勉强她，也不能说出真相，他从没想过，这世界上居然还有令他如此为难的事情。

清晨的气氛似乎很好，连难得的冬日暖阳也出来了，晨诺等人聚在一张书桌上吃早餐，江星海的电话忽然响起来了。

"喂！妈妈？什么？爸爸怎么了？你等着，小诺就在旁边！"星海的神情十分紧张，晨诺和大家都倒抽了一口凉气。

"小诺，妈妈让你接电话，爸爸出事了。"他迅速把电话放到她耳边。

"妈妈，这到底怎么回事？爸爸怎么会出车祸的？我和星海马上就回来，你不要担心！"晨诺挂了电话。

"对不起，我还得回 G 市，江先生出车祸了，很严重，我必须去看看他。"

"我理解你的心情，让我陪你一起去好吗？"晨阳很恳切地说，他不希望晨诺再一次离开他，而且听见这个消息，他竟有些莫名其妙的心痛。

"我也去，好吗？"美美似乎是恳求着，她只是想在星海困难的时候为他做点什么，就算做不了什么，她也希望能在旁边陪他。

"好吧，一起去！"星海才不介意去多少人，只要晨诺肯跟他走，什么都

好说。

"好，我们走，玲娅、威尧，老师那里，你们帮忙请个假。"晨阳交代了几句，随便拿了点东西，便出了门。

一路上，谁也不曾多说一句话，大家都好担心。两三个小时后，他们就已经在江太太面前了，而江先生也平平安安地坐在大厅里。

"小诺，星海，你们终于回来了，我真的好担心！"江太太抓着晨诺的手，一点也不在乎众人的疑惑。

"妈妈，爸爸，这是怎么回事？"星海着急地询问着。晨阳和美美站在一边不敢上前，心中的疑惑却显而易见。

"我不小心和别人的车碰了一下，已经没什么大碍了，都是你妈妈大惊小怪，不过我在医院的时候，医生检查出我被流行性病毒感染了，我们大家天天在一起，还是都去检查一下比较好，你的这几位朋友也一起去看看。"江先生镇定地说着，已经默默打量过美美和晨阳了，美美不由自主地向后退了一步，而晨阳却只是静默地回望他。

"哦，爸爸，您吓死我了，还以为您有什么危险呢，这个是我的哥哥，萧晨阳，这个是我的好朋友，陆美美。"晨诺长长地松了一口气，还有什么比大家都平安更好呢。

"哦，欢迎萧先生、陆小姐，两位为了江某的一个小误会特地跑一趟，实在是惭愧。"江先生说得尤为客气，美美更加不自在了。

"江先生你客气了，晨诺在 G 市的日子，多亏有你们的照顾，作为她的大哥，我也无以为报，听说江先生身体抱恙，前来探望也是晚辈应该做的。"晨阳依旧那样温文儒雅。

"大家大老远赶过来，想必也累了，让梅姨带你们去休息一下吧。"

江先生话音刚落梅姨就出现了，美美跟着晨诺进了晨诺的房间，晨阳则被安排进了一间客房。

"你的房间好漂亮哦！"这是美美到 G 市后说的第一句话。

"是吗？"晨诺懒懒地回答。

"你说江先生明明没事，为什么要那么急把你叫回来呢？"

"我也不知道。"晨诺还是没什么精神。

"你刚才为什么不问呢？他那样说你就信吗？"美美一向都喜欢打破砂锅问到底。

"问不问都一样，只要知道他们没事就行了。"晨诺早就已经习惯了江家的风格，她才不会去找麻烦呢，反正都已经回来了，那就好好看他们的安排了。

"哦。"美美见晨诺不想继续和她探讨，就陪晨诺横躺在床上发呆。

大厅里，江仲生和江星海的谈话才刚刚开始。

"星海，那两个人是自己要跟着过来的吗？"江先生首先开始询问。

"是的，爸爸，萧晨阳说什么也不肯让妹妹自己回来，而陆美美又很关心她的朋友，我害怕不同意他们跟来，晨诺就不会跟我走，所以就只好把他们也带来了。"星海小心地解释着，在说到美美的时候声音也略微低了一些。

"萧晨阳来了也好，毕竟晨诺是他妹妹，出了这样的事情，他有知情权。我们把晨诺找回来，也只是想借助江家的能力，给她一些帮助，关键的，还得靠她自己的家人，不论我们多爱她，我们都没有权利替她决定一切事情。"江先生说得意味深长，末了还长长地叹了一口气。

"可是，他根本什么都做不了！"星海始终不希望有别人介入他的世界，在他看来晨诺的好事坏事，都应该由他一个人负责。

"你也不小了，应该明事理，在这点上，萧晨阳可比你强多了。你去把萧晨阳叫来，我得和他谈谈。"

"哦。"星海极不情愿地出了大厅，把萧晨阳带到了江仲生面前。

"江先生，您有什么吩咐？"晨阳谦卑地开口。

"你请坐，有些关于晨诺的事情，我必须要跟你好好谈谈。"江先生指着对面的沙发，示意晨阳坐下。

晨阳轻轻在他对面坐下，静静地等待江先生开口。

"你可以简单地说一下你家里的情况吗？当然，如果你愿意的话，稍微详细点更好，之前晨诺也跟我说过一些。"江先生开门见山，晨阳也没有要拒绝，本来嘛，他家也没有什么不能说的事情。

"我和小诺的家在晨城，爸爸早些年去世了，妈妈是事业单位的普通职员，因为小诺与我并非一母所生，她的心里多少有些嫌隙，所以，她在我们面前表现得始终比较拘谨。不过，她一直是个很听话的孩子，我们也都很爱她。"

晨阳简单地描述了一下。

"晨诺的母亲在与你父亲离婚后就再没出现过吗？"江先生继续问道。

"抱歉，我们都没有过分打听小诺母亲的消息。请问江先生问这些，有什么事情吗？"晨阳的直觉告诉他，晨诺一定有什么事情了。

"情况是这样的，这是晨诺和星海在周六时献血的检验报告，这份是小诺的，她的血液可能出了一点问题，所以，我想，要是她的父母及亲人能够协助治疗，可能会更好。"江先生一边说，一边把一张报告单送到了晨阳面前。

晨阳忐忑地往下看，心越收越紧，最后，他不信任地问道："您是说，小诺可能得了白血病吗？"他希望江先生说不是，但是江先生却非常认真地说了一句："可能是的。"他的心开始发冷，怎么会这样，她好不容易才肯叫他一声哥哥，他好不容易才看见她笑，而现在却有人说她得了白血病。

"您是不是弄错了？小诺虽然瘦，但是她还是很健康的，感冒都很少得。"晨阳的声音已经明显地出现了颤抖，一向处变不惊的他，此刻怎么也无法冷静了。

"请你先不要激动，事情还不是很严重，卢慈他们医院的医生说是慢性病变，而且也只是怀疑，我们现在要做的，是先带她去做个详细的检查，你觉得在确诊之前需要通知你们的母亲吗？"江先生安慰似的拍拍晨阳的肩膀。

"我想暂时先不要通知家里了，省得妈妈担心。"晨阳无力地垂下了头，他无法想象妈妈听到这个消息的情形，但愿这个怀疑是搞错了。

第五十三章 体检

晨诺一直睡到上午十点，没有人去打扰她，就连一向倡导早睡早起的萧晨阳也故意让她睡了个懒觉，因为卢慈说拥有充足的睡眠对身体好。美美刚睁开眼睛的时候也准备叫她，但是被江太太制止了，当她听了晨阳大致的描述之后，偷偷流了不少眼泪。

晨诺走进大厅时，所有人都在，连卢慈也来了。晨诺觉得有点不好意思，自己起得也实在是太晚了。

"大家早啊，我起得太晚了，很抱歉。"晨诺低着头找个沙发坐下。

"小诺，准备好了吗？我们去医院吧。"卢慈首先提议，大家都不约而同地站了起来。

"一定要现在就去吗？"晨诺一边说还一边送上一个可爱的鬼脸。

"那走吧！"晨诺见大家都没反应，无奈地跟着大家出了门，江先生还特地叫司机开了辆房车来。

"你们怎么了，为什么都不说话？"今天的气氛不对，大家都太沉默了，行动也太统一了，好像有什么很严重的问题。

"没事啊，要体检嘛，每个人都要爱惜自己的身体才对！"说话的是卢慈，众人也纷纷点头，以示赞同，但这样却显得更加不自然了。

晨诺想发问，但是看着大家严肃的样子就不敢开口了，也许真的是每个人都很珍惜自己的身体吧！

很快就到了医院，检查的程序倒也不算复杂，只是量量体温、抽个血什么的。

大家的结果很快就拿到了，只有晨诺的迟迟未出，她也没什么好担心的。

也不知道等了多久，终于看见卢慈拿着一份报告走过来了，但她只是对晨诺笑笑，就把江先生和萧晨阳给叫走了。

"什么嘛，这是我的检查报告，为什么叫走他们？"晨诺嘟囔着。

"也许是他们有事情呢，你怎么知道那份报告就是你的啊？我看你还是耐心地等好了。"也许是因为美美在场的缘故，星海难得地开了口。

"哎！"晨诺也不知道该怎么反驳，重重地叹口气，把头垂到最低。今天大家都像故意隔离她似的。

也不知道过了多久，晨阳他们回来了，表情有些凝重，三个人相互交换了一下眼色，最后由晨阳开口了。

"小诺，你有点贫血，需要住院治疗，你放心，我们都会陪着你的。"他说得有点艰难，似乎是难以启齿。

"贫血也不属于什么严重的疾病啊，怎么还住院？"晨诺很洒脱地笑了，难道在他们看来贫血就那么可怕吗？哎，这些人也太小题大做了。

晨诺被安排进了一个很不错的单间，看起来有点像宾馆的房间。

"晨诺，你先休息，我们去给你准备些东西，顺便咨询一下医生。"晨阳一句话，大伙就跟着出去了，今天这些人怎么都神秘兮兮的。

刚刚走出房门，他们维持大半天的冷静瞬间崩溃了。

"她是不是很严重？为什么马上就住院，真的得白血病了吗？早期还是晚期？能活多久？"美美的眼泪已经流下来了，刚才看见晨诺一无所知的样子，她都要忍不住了。

"没有你想象的那么严重，还属于早期，我们让她住院，也是为了控制病情恶化，我们要相信她不会有事的，现在最需要的，是为她找匹配的骨髓，最好是直系亲属。"卢慈虽然还在实习，却已经具备了医生的冷静与沉着。

"我想我只能在经济和精神上表示支持了，晨阳，希望你可以和你的家人商量一下，看怎么帮助晨诺，我们要记得保密，让她有个好心情是最重要的。"江先生紧锁着眉。

"我知道该怎么做，她妈妈那边我会尽量联系，江先生感谢您对小诺的照顾。卢小姐，请尽快帮我安排配型。"晨阳一贯的微笑早在昨天和江先生的单独谈话中消失了，此刻，任谁也不会想到这个面无表情的人曾经那么温文儒雅。

"我已经对外宣布她是我的义女了，那她就是江氏的千金，只要有一线希望我们都不会放弃，何况，现在的情况还不是很糟糕。我先去找一下医院相熟的医生，希望能有帮助。"江先生郑重地说完，便走开了。

"我也要去工作，大家都要乐观一点，我们要是垮了，谁来照顾诺诺？"卢慈也走了。

"美美，你还是先回去上课吧，学期快要结束了，回去之后，最好谁都不要说，就算告诉了威尧和玲娅也要让他们保密，反正越少人知道越好。"晨阳嘱咐着美美。

"我可不可以不走？"美美的眼泪又一次要决堤，可怜巴巴地望着星海。她不想走，为了晨诺，也为了星海，她想为他做点什么，哪怕是帮他照顾他喜欢的人，何况那个人还是她的好朋友。

晨阳当然明白美美的心情，但是美美的去与留，关键还是要看星海了。两个人都向星海投去了询问的目光，后者低下头，表示沉默。

"我替晨诺谢谢你了。"晨阳拍拍美美的肩膀，"你们进去陪陪晨诺吧，我要跟家里联系一下。"

晨阳走出住院大楼，在花园里找了个比较安静的角落，坐下来思考了好一会儿，才掏出手机，他实在不知道该怎么跟妈妈说。这些年，晨诺一直用沉默在面对他们，妈妈每次都叮嘱他要好好照顾她，可是，他还是没把她照顾好。这些年，每次看见安静的晨诺，妈妈就分外自责，现在知道晨诺病了，不知道会有多伤心。

电话接通了，"妈妈，最近都还好吗？"

"还可以，你有一段时间没打电话回家了，你和晨诺都还好吗？"

"对不起，妈妈，我最近事情比较多，没怎么和家里联系，我一切都还好，只是小诺最近身体不太好……"

"小诺怎么了？"

"对不起，妈妈，我没照顾好她……"

"她到底怎么了？"

"听医生说，她得了慢性白血病……"晨阳的声音已经哽咽了。电话那边的王银显然也受惊了，良久才继续说话。

"她的情况有多严重？现在在医院吗？我马上过来。"

"妈妈，您先不要急，医生说是早期，情况不是很糟，她现在在 G 市第一人民医院，您先到了 G 市我再跟您细说好吗？"

"嗯，我现在马上过来，你好好照顾她。"

"嗯，妈妈，再见。"

晨阳挂了电话，眼圈早已红了。

第五十四章 亲人

王银在接到儿子萧晨阳的电话之后，马不停蹄地赶到了 G 市，虽然晨诺不是王银亲生的，也从来没有叫过她一声妈妈，但在她心里，早已经把晨诺当成自己的女儿了，何况对于晨诺，她始终都觉得有所亏欠。她刚刚到 G 市就直奔江家，急于了解情况。

江家的客厅里坐满了人，除了美美和星海在医院陪晨诺，其余的人都在这里等她，一群本没什么关系的人，就这样因为萧晨诺而聚在一起。

"江先生，江太太，谢谢你们对晨诺的照顾，我实在无以为报。"一进门，王银就给江仲生夫妇鞠了一躬，她的眼圈肿得厉害，嘴唇颤抖着。

"萧太太不必客气，江某只是略尽绵薄之力，希望对晨诺有所帮助，何况这孩子和我们甚是投缘，我已经收她做了义女，当然就更要照顾了。这些都不是最重要的，关键还是要赶快想办法让晨诺早日康复。"

"伯母好！"就在这时，江星海突然出现在王银的面前。

"星海，你怎么突然回来了，晨诺还好吧？"江太太看见他回来，心里就自然地想到了晨诺，他不在医院陪着，回来做什么呢？

"她和美美在聊天呢，我想回来看看家里的情况，卢慈姐说如果家里人都到了，最好是早些进行骨髓配型，诺妹妹到现在还不知道自己的状况，整天吵着要出院，久了也不是办法。"星海一边说一边找个位置坐下来。在医院他已经被晨诺弄得够呛了，她老要他去找医生来，给她开出院单。

"那我们到医院去吧。"王银说话间已经站了起来。

晨阳和王银起身赶往医院，星海也跟着去了，江仲生还有工作要忙，也出了门，家里只留下了江太太和梅姨。

星海害怕晨诺又要吵着出院，趁晨诺还沉醉在亲人相聚的兴奋里，悄悄带着美美离开了晨诺的病房。

"晨诺可以暂时交给他们了，我走之后她没闹吧？"星海带着美美在花坛边坐下。

"你觉得她能不闹吗？呜，我骨头都快要散架了。"

星海伸出手，把美美搂进怀里，算是安慰，就算他对她没有爱情，感激是少不了的。

"美美，你还是回 Z 大去上课吧，晨诺在这里有很多人照顾，你的功课不可以耽误，何况快要考试了，你的好，大家都会记得的。"

她同意回 Z 市了，因为她不想星海每次见到她，都心怀歉疚。

星海和她一起返回晨诺的病房，刚刚走到门口，就已经听见晨诺的高谈阔论了。

"哥哥，你怎么把妈妈也叫来了？真是小题大做，你们看我一点问题都没有，我相信我很快就可以出院了，也不知道星海把医生叫来没有。"

"医生来了！抽个血。"一个护士拿着针筒进来了，她已经给晨诺抽过好几次血了，不过这一次是为了让晨诺跟萧晨阳配型的。

早在王银到 G 市之前，萧晨阳就已经准备好了一切，就等她过来签字。王银也想跟晨诺配型，不过她们连血型都不同，现在只能期盼萧晨阳能和妹妹配型成功了。

拿到结果后，萧晨阳的脸色很阴暗，大家知道情况不乐观。

"情况怎么样？"晨阳被王银带到一个角落后，才开始询问。

"我和小诺没有配型成功。"萧晨阳的声音和神情一样凝重。

"那小诺该怎么办？"王银急了，她的心被一股巨大的力量压着，痛苦不堪。

"也不是没有办法，也许医院能找到其他的骨髓捐助者，江先生也已经在想办法了。"萧晨阳原本人家的一个鸡蛋都不会要的，现在为了晨诺，也顾不了那么多了。

"小诺的妈妈呢？她难道不能救救自己的女儿吗？"晨阳沮丧了一阵，突然想到了一个人，虽然大家都不愿提起晨诺的亲生母亲，但是现在他真的很希望她能出现。

"我找不到她，你们爸爸当初走得急，也没有留下什么信息。哎……"王银重重地叹了口气，又抹了抹眼泪，继续说，"我们先去看看小诺吧。"说完转身回到病房，晨阳只能无奈地跟在后面。

"我可以出院了吗？我觉得自己好极了！"刚看见王银和哥哥，晨诺就兴奋地嚷嚷道。

"嗯，可以出院了，我去给你办手续。"晨阳讷讷道，还没说完，就飞快地转身，眼泪很不合作地在脸上划过。他的心快要碎了，每次看见晨诺那纯真的样子，他就无法想象，如果发病会怎么样。刚走到门口，他又折了回来，紧紧地把晨诺搂进了怀里。

"你不准有事，你答应我你不会有事的！"

晨阳有力的臂膀死死地圈住了她，她看不见他的表情，也没有办法回答他，用了好大力气，才终于把他推开。虽然这是他第一次拥抱她，但是却不像她幻想的那样百般柔情。

"你怎么了？我不是都好了吗？你也说了我都可以出院了，怎么可能有事呢？你不要这样子嘛！"晨诺最害怕的就是看见他难过。

"我没事，我去给你办出院。"晨阳几乎是逃一般离开了病房。

第五十五章 旋木的诱惑

因为找不到匹配的骨髓，萧晨诺目前也没有什么不适，只能先出院，多方面打听晨诺妈妈的消息，也继续等待医院方面的消息。这对其他知情人来说不是什么好消息，不过对于她自己来说，那可是再好不过的消息了。从出院那一刻起，晨诺就觉得自己是最最健康的人了，还把为了她而来到 G 市的人都给赶了回去，她可不喜欢被人严密地看护着。

晨诺终于可以继续和星海去上课了，王银也回到了晨城，晨阳带着美美回了 Z 大准备期末考。在萧晨诺看来一切都恢复了正常，只是大家似乎都变了，星海不爱捣蛋了，江先生也肯放下工作来陪她了，坚持每天回来，这对于她来说当然是再好不过了。世界一下子就美好了许多，原本没有打开的结忽然打开，原本害怕面对的人，现在也敢面对了，萧晨诺在心底忍不住要感谢那场"小病"了。

不过，其他人可不是这样想的，江家人把她当个玻璃娃娃捧着，生怕一不小心就会碎了，每见一次都要问好几遍"你有没有哪里不舒服"，就连卢慈也是每天都要来查看一遍，弄得她好不郁闷。

今天只有星海和晨诺在家，江先生要工作，梅姨陪江太太出去了，寂静的江宅更加让晨诺觉得受困，她怎么能甘心做笼中的金丝雀呢！

"诺妹妹，今天感觉怎么样？"星海还不知道，他的关心已经让晨诺十分不耐烦了。

"星海，你为什么总是这样问我啊？你是不是很喜欢我生病啊？"晨诺已经忍他很久了。

"我怎么会喜欢诺妹妹生病呢？我最怕你生病了，你要是有什么事情，我肯定会难过死的！"星海说得十分真诚。

"不要说得那么肉麻好不好？鸡皮疙瘩都掉一地了，就算不病死，也被你肉麻死了！"

"你怎么能这样说呢？我可是真的很关心你耶！"

"你干吗这么关心我啊？美美那么喜欢你，你也不知道关心一下她。"

"不要提她啦！"星海的音量一下子就高了。

晨诺也不知道自己是怎么回事，突然就觉得整个人被抽空了，浑身轻飘飘的，一点也不受控制，感觉要晕倒了。

"小诺！你怎么了？"星海见她突然变了神色，被冲昏的头脑也一下子清醒了，"天哪！你脸色好可怕！拜托你不要吓我啊！"

"我没事。"晨诺连回答也显得十分虚弱。

"你别怕！我打电话叫人来！"

"不用，我没事了。"晨诺死命撑出一张笑脸，要是星海打了120，那她岂不又要进那可怕的医院了？

"你确定？"他还是不信，握着话筒的手没有松开的意思。

"我确定、一定，以及肯定！"

"不要骗我。"

"我什么时候骗过人了？"

"你没事就好了！刚才可吓死我了，我要是没把你照顾好，肯定会被骂死的！"

"又来了！这么肉麻，小心我不理你了。"晨诺休息了一下，感觉已经好多了，忍不住又跟他贫了起来。

"哦。"

两个人都安静了下来，晨诺闭目养神，星海耷拉着脑袋发呆，这样的场景一直持续到卢慈推门进来。

"江家什么时候多了两尊雕像了？"卢慈伸出五指在他们面前晃了好几下，

都没人回应。

"姐。"星海有气无力地跟她打了个招呼。

"其他人呢？怎么就你们两个在啊？怎么都成木头人了？"卢慈还没见这两个小家伙这么安静过。

"卢慈姐姐。"晨诺微弱地发了个声。

"你们就是这么招待客人的啊？都给我起来！"卢慈有点受不了这气氛了。

"你们？我说你们怎么能这样啊？要不是得给晨诺做看护，我才懒得见你们两个小鬼呢。"卢慈不满地坐到沙发上生起闷气来。

不知道过了多久，星海好像突然醒了，神采奕奕地到冰箱里拿出果汁，盛了满满两杯送到两个女孩面前。

"请两位尊贵的小姐喝果汁！"

"谢谢！"卢慈十分淑女地接下。

"非常感谢。"晨诺也回神了。

"刚才你们都怎么了？"见气氛正常了，卢慈又开始追问。

"没什么事情啦，天天在家闷得太难受了。"晨诺无奈地诉苦。

"要不，我带你们出去转转？"

"这样不好吧？"星海很担忧地看看晨诺，不知道该不该告诉卢慈晨诺之前的异常。

"有什么不好的？你看我现在好得很呢！我们走吧。"晨诺生怕他们会反悔，拉着卢慈就往外跑。没跑多远就停了下来，大口地喘气，连汗都流下来了。

"诺妹妹，你太虚弱了，我们还是不要出去了。"星海的担心从来就没停过。

"当然会虚弱了，许久没运动嘛！"晨诺扭扭腰，继续往前走。

"今天给她量体温了吗？"卢慈忽然想起什么似的，以前她都是一进门就量，今天因为气氛怪异，就给搁下了。

"早上量过，没有什么异常。"星海弱弱地说。

"哦，那就不要紧了，她也需要运动的。"

既然卢慈说不要紧，那星海也就放心了，三个人晃晃悠悠就逛到了游乐场，晨诺很久没出来玩了，而且小时候也没人带她去过，一看就兴奋得不行。

"我们去玩碰碰车吧！"

星海摇头，卢慈摇头。

"那我们去玩山车吧！"

星海和卢慈一起摇头。

"那蹦极去！"

"NO！"这回可不是摇头那么简单了。

"那你们打算玩什么？"晨诺出门时的兴奋已经消失得七七八八了。

"你就没有温柔一点的想法吗？"卢慈无奈地问道。

"那旋转木马好吗？我小时候就想玩，可是没人带我去，现在好像又不合适了，哎！"

"没事啦，你喜欢就合适，反正今天也没什么小孩子。"

晨诺相信，这一定是很多孩子的梦想，华丽的马匹、动听的音乐、逼真的感觉，虽然只能绕着同一个圆点旋转，可至少可以幻想自己正在飞翔。随着音乐转了一整圈，对于旋木的期望得到了满足，随之而来的，却是一些难以抹杀的伤感，不管你怎么跑，永远都和前面的人保持同一个距离，就像不知道哪本书里说过的，这是个多残忍的游戏……

思绪有些乱了，在家里出现的那种眩晕感又回来了，而且比上次要严重得多，晨诺甚至无法强装没事了。恍惚中，她似乎看见晨阳就在前面的木马上，只要她一伸手就能抓住，可是她一伸手，竟不知道掉进什么时空去了……

第五十六章 学会长大

萧晨诺的记忆还停在从旋转木马上跌下的那一瞬间，仔细想了好一会儿才慢慢睁开眼睛，医院惨淡的气氛一下子又让她的眼皮合拢了。

"我刚才好像看见她睁眼了！"星海疑惑的语气在她耳边响起。

"是你的幻觉吧？她醒来肯定会跟我们说话的。"卢慈回答着。

晨诺安静地听着他们谈话，但，他们接下来的谈话，却没有她以为的那么好玩，确切地说应该是比她想象的更叫她吃惊。

"晨诺的情况是不是又严重了？"

"应该是，医生都没想到会恶化得这么快。"

"医院还没找到合适的骨髓吗？"

"本来肯捐骨髓的人就很少，要和她匹配比例就更小了，当务之急就是赶紧找到她的亲生妈妈了。"

晨诺越听越糊涂，什么骨髓，什么恶化，她不是早就好了吗？现在为什么又严重了？

"白血病真的是绝症吗？"

"也不绝对，只要发现得早，能找到匹配的骨髓，治愈的机还会是很大的，只是她的情况比较特殊，爸爸去世了，哥哥又不适合，妈妈也不知所踪，这样希望就比较渺茫了。"

"难道只能等死吗？"

等死？晨诺吓了一大跳，她还没活够呢！为什么有人说她只能等死？难道她真得了白血病？她的身体一直很好啊！他们一定弄错了，她健康得不得了，很快就能出院回家了！

"我都不能想象如果她知道自己的病情会怎么样，是我不好，明知道她身体不好，还要跟她吵架。"

"这也不怪你，萧晨阳他们什么时候过来？"

"应该快到了。"

"她睡得应该差不多了吧？怎么还不醒呢？"

晨诺的脑子里已经乱成一锅粥了，听见卢慈说她该醒了，就懒洋洋地把眼睛睁开，假装是刚睡醒的样子。

"我又进医院了啊！"晨诺努力让自己的语调轻快些，她还不希望他们知道，省得他们又要自责了。

"别担心，很快就能好的。"卢慈安慰道。

"我没担心啊。"晨诺假装调皮的样子。

"那就好！"星海最害怕的就是她又要闹着出院，早知道会加重病情，他当初就不让她出去了。

"你这次可能要在医院多住一段时间，你要做好心理准备哦！"卢慈小心地说。

"知道了，你们没事过来看看我就好了。"晨诺懂事地说。

"真的？"卢慈和星海都很诧异。

"嗯。"晨诺肯定地点头。

星海和卢慈还有些不确定，相互望了一眼，才肯定自己没听错，她居然能这么合作。

"星海哥哥，虽然到现在我也不知道我们到底谁比较大，但是我真的很喜欢做你妹妹，能遇见你，简直就是我八辈子修来的福气。还有卢慈姐姐、爸爸、妈妈，还有好多好多我认识的人，你们对我都太好了，我觉得自己幸福得不得了。"她一口气说了一大堆，完全没留意星海和卢慈的惊讶。

"诺妹妹，你还好吧？"

"你看我像不好的样子吗？"

"诺妹妹，你真好！"星海接着就来了个超大号拥抱。

"轻点啦，骨头都散架了！"晨诺撇着嘴把他推开，一抬头刚好看见卢慈微笑的脸。

"终于看见我了？不过我可要出去忙了，你们慢慢聊吧。"卢慈说完就出去了。

"哥哥！"晨诺突然高兴地叫了起来，星海回头，就看见刚走到门口的萧晨阳。

"小诺，感觉还好吗？"他的语气温柔而怜惜。

"嗯，感觉很好啊，哥哥不要考试吗？怎么突然来 G 市了？"

"我来看看你啊，考试怎么能和你相比呢！"这样的话如果从别人嘴里说出来，晨诺一定会觉得恶心死了，可是从萧晨阳嘴里说出来却变得比蜜还要甜。

"其实我没什么事情的，何况你来了我还是一样不能出去。"

"最起码在你难过的时候，我陪着你一起度过。"

"你们先聊，我出去一下。"只要晨诺高兴，他也就满足了。

"妈妈很快就来了，你不要害怕。"他安慰着。

"哥哥不是在这里吗？我怎么会害怕呢？看我我不是很好吗？他们也只是说我会多住一段时间罢了，没有说我永远都出不去了。"晨诺把自己藏得深深的，害怕被他看见自己的脆弱。

"如果可以，我愿意用我的生命来换你的健康快乐！"晨阳伸手把晨诺搂进怀里。他不知道该怎么安慰她，虽然他不知道她已经知道了自己的病情，但是他却从她的眼睛里看见了悲伤，会让他心碎的悲伤。

萧晨诺知道自己依靠这个肩膀的时间有多短暂，所以她很享受这令她陶醉的一刻，一直到有人进来，才肯松开。一回头，便看见王银和江仲生夫妻一起走了进来。

"我真的没什么大事，你们不要太担心。"晨诺平静地跟他们打招呼，看着他们凝重的样子先安慰起来。

萧晨阳看着晨诺毫无血色的面孔，直接回头对其他人说："你们先走吧，我和她单独聊聊。"

　　众人依言纷纷出去，走时还不忘多看晨诺一眼，好像这就是最后一眼，晨诺只是微笑着看他们走。

　　"小诺，你多大了？"等大家都走了，萧晨阳严肃地问道。

　　"19了。"晨诺回答得也很严肃。

　　"你想知道你自己的病情吗？"他问这句话的时候，明显还有些犹豫，毕竟事实对于萧晨诺来说太过残忍了。

　　"我已经知道了。"晨诺平静地回答，从他进门时严肃的样子，她就已经知道他想说什么了。

　　"你知道多少？"萧晨阳不相信她知道了自己的病情还能这么从容，虽然自己比她大不了几岁，可在他看来，她还是个孩子啊。

　　"我得了白血病，病情恶化得很快，而且找不到匹配的骨髓，也许很快就会死了。"晨诺没有在意晨阳的惊讶，故意把事情说得很轻松。

　　"你不怕吗？"他梦呓般地问道。

　　"怕。"

　　"那你还这么平静？"他不相信一个19岁的女孩儿会把生死看得如此淡。

　　"因为我已经成年了，必须要学会面对事情了。"

　　这一刻，萧晨阳发现，自己真的错了，在生死面前，自己那卑微的情感又算得了什么？他只是紧紧地将晨诺搂在怀里，就怕一松手她就不见了。

　　"不要放弃，医生只说恶化，又没有说没治了，别人不给我们捐，我们还有这么多人，一个个试，总会有一个人是匹配的。"星海一直在外面听着，看他们不说话了，就进来出主意。

　　"我觉得这个主意不错。在找到小诺亲生母亲之前，我们每个人都可以先去试着配一次，万一成功了呢？"江仲生当即表示赞同，然后望向其他人。

　　当然没有人会反对，因为谁也没有更好的办法了。

第五十七章 奇迹

江星海并不知道自己随口说出的一个主意居然被大家采纳了，而且正在火速执行。首先是他自己，接着是江太太，不过都失败了，现在只剩下江先生了，大家都在焦急地等着，期待能出现奇迹。

"奇迹出现了！"卢慈刚推开化验室的门，就冲着大家叫喊。

"什么奇迹？"众人一时还有些反应不过来。

"成功了，舅舅和小诺配型成功了！小诺有救了！"她激动地强调了几遍。

"真的吗？"失望了太多次，突然有了希望，反而有些接受不了了。

萧晨阳终于听明白卢慈的话了，还等不及大家反应过来，他已经朝晨诺的方向飞奔过去，等不及要把这个好消息告诉她。

"小诺，我们有救了！江先生和你骨髓配型成功了！"一向冷静的他没头没脑地冲了进来，而萧晨诺此时正睡得香。

"喔，好困。"

"我说我们有救了！"晨阳附到她耳朵边又说了一遍。

"你本来就不需要人救啊。"她还是不领情。

"那至少你死不了了！"这回他可有些生气了。

"死不了了？"一听这话，晨诺终于打起了精神，两只本就很大的眼睛瞪得特大。

"嗯！"晨阳兴奋地点了点头。

"那岂不是还要经常看见你？"

"你不想看也可以不看。"

"开个玩笑啦，谢谢你把这个好消息告诉我，能和你在一起我不知道有多开心呢！"

"你吓我一跳。"晨阳终于长长地吁了一口气，19岁的女孩子本就应该是可爱调皮的，他却已经习惯了她的冷漠和沉寂。

"哎，这回江伯伯可要受苦了，抽骨髓很痛的。"晨诺耸耸肩膀。

"那你怕痛吗？"他最关心的永远都是她的安危。

"不怕才怪，不过我能挺过去，你知道不，年龄越大越怕痛，我看见好多大人都还没有小孩子勇敢。"她说得一本正经，好像她就是最新版的美少女战士。

"我看见你受苦，我也会很心痛的！"

"我知道啊，你是我哥哥嘛！"晨诺故意说得很简单，至少这样可以减少不必要的尴尬。

"我一点儿也不想当你哥哥！"他突然多愁善感起来。

"当我哥哥好像也没那么惨吧，虽然我一向有点任性。"晨诺故意把话题扯开，她害怕听见自己心里的声音，她多么希望，他不是她的哥哥啊。

萧晨阳不知道该怎么接她的话，只能选择沉默。好在只是沉默了片刻，大队人马就赶了过来。

晨诺知道自己应该感到幸福，她也确实感觉到了很多的幸福，她实在是太幸运了！

"小诺，你在想什么？"星海伸手在她眼前晃了几下她都没有一点反应。

"我在想，要怎么报答你们的恩情啊！"晨诺虽然是随口说的，却也是自己的心里话，她的心中沉积了太多的恩情了，这些应该也足以构成她坚强活下去的理由了。

"你要真想回报我们的恩情，那你就好好地活下去吧。"江仲生极其慎重地说道。

"我会的，一定会的，就算不为自己，也要为了你们大家，这世界上再也没有比我更幸运的人了，我怎么能不好好珍惜这条命呢？我还要麻烦你们几

十年呢！"晨诺向大家保证着，同时也是向自己保证，她不知道自己是不是一定能活下去，但是只要还有一丝希望，她就不会放弃。

接下来的时间，大家都在等待干细胞移植手术的进行。作为当事人的晨诺和江仲生反倒是最冷静的两个人，用大家的话来说，有时候，他们真的很像。

第五十八章 "最后审判"

这天的天气很好，冬天能有如此清新的早晨很少见。

和前几次一样，大家都涌进了医院，王银、江仲生、江太太、萧晨阳、江星海，还有萧晨诺在 Z 大的那些朋友杨玲娅、钟威尧、陆美美，都到齐了，因为今天对于晨诺来说实在是太重要了。

相比起这些关心她的人，晨诺就显得轻松多了。

"姐姐，你们都跑这里来了，考试怎么办啊？"

"什么都没我妹妹重要！"玲娅说得铿锵有力。

"你听她的，我们已经考完了，她也就能骗骗你这样的。"威尧忍不住吐槽玲娅。

玲娅一双眼睛从另一个方向慢慢地转到了威尧身上，然后绽放出一个让人不寒而栗的笑容，就这么静静地看着他。

威尧已经不是第一次遭遇这样的"目光"了，照例乖乖地跑到玲娅身后当"小白"。

"哎，我还以为姐姐真的很关心我，我也以为威尧对我还不错，没想到人家就一个眼神就……"晨诺尽量不把今天的手术放在心上。

"现在不是贫嘴的时候，小诺的干细胞移植手术可不是闹着玩的，这可是直接关系到你的生命啊！"美美扫兴地说。

"我说你怎么这么扫兴啊？"玲娅此语一出，美美立即垂下头去。

星海已经好久没有去想关于美美的问题了，每天的心思都放在萧晨诺身上，不仅没有想过要和美美怎么样，其实他也没有好好想过要和晨诺怎么样。其实想想美美也蛮好的，星海歪着头想了半天，走到美美面前，拉着她的手说："等小诺健康了，我们就交往吧！"

"啊？"美美还没反应过来。

"我说，等晨诺好了，我们就正式恋爱！"星海的语气加重了些。

"这样不好吧，你并不喜欢我，我知道的，你这么说只是为了让晨诺安心，你放心，我已经不喜欢你了。"美美失落地说。谁能说不喜欢就不喜欢呢？反正她是做不到。

星海沉默了，不过心底却莫名其妙地涌起一股酸酸的味道，很奇怪的感觉，而且就在美美说不喜欢他的刹那一下子涌了上来，令他觉得十分失落。星海疑惑地看向美美，她正微笑地看着他，有什么东西撞在心头，他不自觉地低下头，倘若再多看几眼，他感觉自己会脸红。

"小诺，我们该去手术室了。"就在这时卢慈走了过来，宣布萧晨诺的"审判"即将到来。

"小诺不要怕，我们大家都陪着你呢！你看，全到齐了。"江太太摸着晨诺的头，想多给她一点鼓励。

晨诺没有说什么，只是镇定地朝大家点点头，安静地跟卢慈去了手术室。

虽然晨诺并不害怕死亡，而且她也不认为自己会这么快就死，只是这身后的一群人，全都令她不舍，她忍不住回头，却只转了一半又转了回去，她怕自己会因为不舍而变得不再坚强。坚强，她从什么时候开始学会坚强的呢？8岁那年吧，那一年妈妈走了，直到今天也没有回来，她知道她的女儿现在的处境吗？曾经自己那么想她，可是那想念在什么时候已经淡出她的生活了？那年她已经面对过一次死亡了，不过被萧晨阳救了，可惜这一次，他却救不了她。

走到手术室门口时，晨诺还是忍不住回了头，那群关心她的人就在她身后，一直跟着，一回头就看见了，虽然没有妈妈的身影，不过她已经学会坚强了，至少，她可以对这些人微笑。

门被关上了，身后的那些人被隔在了外面，她躺在那张为她准备的床上，她在心里挨个儿把大家的名字都念了一遍，祈祷他们在以后的生活中都能过得很好。

如果当初妈妈不离开，如果她没有那么拼命去找妈妈，如果卡车没有要撞她，如果萧晨阳没有救她，如果他没有一直对她那么好，如果他没有在雪夜把她丢下……她是不是就不会爱上他，不会这么痛苦。

医生都已经准备好了，晨诺闭上眼睛，把命运交给医生。生或者死，听天由命。

第五十九章 上帝的礼物

萧晨诺轻轻眨了一下眼睛，还没看见清楚四周的环境，眼前黑乎乎的，就又闭了起来。只觉自己做了好长一个梦，梦里有自己在忍受着矛盾与苦难的煎熬，偶尔也会幸福地笑，不过那幸福太短暂，也太不真实，她所在乎的人都不能永远对她好，她所希望的故事都不能变成现实，她一直在追寻。她甚至知道这只是一个梦，她很害怕会醒过来，很想再为美好的结局努力一下。

但是最终她还是任命般地睁开了眼睛，因为不论她怎么努力，也回不去刚才的梦里了。屋里没有开灯，但是很亮，这说明还是白天，手背上插着一根比平时略粗一些的针管，胳膊的关节处传来一阵因僵硬而造成的痛，她想试着活动一下，结果却更难受，忍不住呻吟起来。

"小诺，你还好吧？有没有哪里不舒服？"王银听见声音，立即警觉而又欣喜地扭回头来，刚才她还在想她到底要什么时候才能醒来，没想到这就醒了。

"胳膊好痛，我动不了。"晨诺直接说出自己的痛处。

"我帮你！"王银站起身来，帮她抬起胳膊活动了几下，见她的表情放松下来，就把她的手放回被子里去了。

"其他人呢？"趁着王银给自己活动关节的时间，晨诺已经扫视了一下四周，除了她，就再没有别人了，这难免让她有些失望。

"你江伯伯现在很虚弱，血压也有些不稳定，他们都过去照顾他了，晨阳应该也在那里。"王银并不确定儿子的行踪，也不想让她知道：她最在乎的晨阳其实是跟卢慈走了，而且走好半天了，关键是在她看来这还是一件好事。

"那我能去看看吗？我们欠了人家好大的恩情呢！"晨诺没有发现王银故意隐藏的事情，只是惦记着欠了人情。

"现在还不行，你也需要好好休息。"王银心疼地看着她，阻止她想要下床的动作。

"没事的，我就去看看。你看我不是很好吗？"晨诺挣扎着要起来，她不仅仅想去看看江仲生，也想去看看萧晨阳。

"你别任性了，等你好点了，我就带你去，你先等等，我去把晨阳叫来。"王银一直都不知道该拿这个倔强的孩子怎么办，只好去求助萧晨阳了。

此刻江仲生的情况已经稳定了，萧晨阳和卢慈都在江仲生的病房里，卢慈的脸涨得通红，像是犯了极大的过错。王银进来的时候，大家都还在张着嘴巴看着她，好像有什么不可思议的事情发生了。

见王银进来，卢慈怯生生地把一张DNA鉴定单递到她面前，那是关于萧晨诺和江仲生的亲子鉴定书，结果赫然写着"亲子关系成立"。

江仲生傻了眼了，和其他人一样，吃惊地看着卢慈。

"我不是故意的，我只是好奇，就取了些血样送去配了一下，没想到会……"卢慈不知道该怎么说明自己的行为，支吾着不知道如何是好。

今天卢慈穿着洁白的新大褂，尤其在此刻萧晨阳的眼中，简直比天使还天使，激动得只想用力拥抱她。只是大家都还没有从惊讶中清醒过来，他也还不能确定自己是不是听错了。

江仲生表情很严肃，沉思了好一会儿才缓缓开口。

"怎么会？怎么可能？那个孩子明明已经不在人世了。"他说得有些犹豫，眼里不断变换着各种色彩，既欣喜，又悲伤，一时哽咽。

"我记得，医生之前一直告诉我怀的是双胞胎，最后却只有星海在我身边，我一直就知道我的女儿还活着，我一看小诺就觉得亲，一定是她不会错的。"江太太的兴奋之情溢于言表。

"当星海出生的时候，素玫已经昏迷，后来那个女孩儿一生下来，就已经没有了心跳呼吸，我怕素玫受不了，就直接让医生偷偷处理了，没想到还能

回到我们身边来。"江仲生的心情很复杂，这么多年，星海和素玫都不知道有这么个孩子存在，他也已经渐渐遗忘了她，现在却突然冒了出来，当初那些痛苦的往事，又一一浮现出来。

"不是这样的！你们撒谎！"星海一直沉默地听着，他很喜欢晨诺，她第一次吸引他的注意就是因为她和自己的母亲长得很像。就因为晨诺和萧晨阳是兄妹，他才有可能和她在一起，现在突然说她是自己的双胞胎妹妹，叫他怎么接受得了？

"星海你不要激动，有小诺这个妹妹不是很好吗？"知子莫若父，星海现在的心情他自然有所察觉，这样的事情对于他来说，真是命运弄人，有人欢乐有人愁。

"是啊，你不是一直很疼你这个妹妹吗？"江太太也跟着安慰起来。

一时间，大家的目光都集中到了角落里那个打扮入时的中年女人身上。那人正是萧之远的前妻，萧晨诺心心念念的妈妈陈丽。

"小诺是我们在晨城人民医院的垃圾桶里捡的，当时，我和萧之远去医院检查，医生说我很难生育，我们都很难过。路过医院走廊的时候听见垃圾桶里有微弱的声音，我出于好奇过去看看，结果发现里面竟然有一个孩子，小手小脚只时不时动一下，气息也很微弱，我当时以为是别人遗弃的孩子，赶紧抱起来到了另一家医院，经过一番周折，终于治好了。我们一直当她是上帝的礼物，视如己出。"陈丽哽咽了，往事像潮水一样，让她心痛。

最初几年晨诺一直是萧之远和陈丽的宝贝女儿，因为陈丽觉得自己这辈子都无法再生育了，更是对她百般呵护。直到她发现萧之远一直背着她偷偷给别人寄钱，她以为他在外面养了妻儿，一时大受打击。恰好当时她又遇到了另一个人，那个人说，国外有更先进的医疗技术，可以治好她，让她拥有自己的孩子。她太渴望做母亲了，也太气愤萧之远对萧晨阳母子的关照了。和萧之远闹了好久，最终他不胜其烦，终于和她离了婚。毕竟是自己疼爱了多年的孩子，哪怕临走了，她也没忍心告诉晨诺她只是个弃儿，最终只好不告而别。

江仲生的人找到陈丽的时候，她已经在国外结婚，还生了两个孩子，家庭非常幸福。但是听说晨诺病危，她还是担心这个疼爱了八年的孩子，哪怕知道自己可能救不了她，也还是决定回国来探望她。

陈丽说得声泪俱下，这些年她也总会想晨诺，只是自己还有家庭要照顾，也不能回来看她。原本以为萧之远会把她照顾得很好，没想到萧之远早就去世了。当她隔着窗户看着病床上的晨诺时，竟连走过去与她相见的勇气都没有。

"都怪我，我当时如果再仔细一点，再让医生检查一下，抢救一下，我们就不会分离这么多年了，更不会让她险些丧命。陈小姐，谢谢，谢谢你们救了我的女儿。"江仲生流出了两行热泪，转身紧紧地握住了陈丽的手。

陈丽最终还是和晨诺见面了，面对多年未见的母亲和突如其来的身世，晨诺没有想象中的激动，毕竟早就经历过好多次生离死别了。知道江仲生和江太太是她亲生父母她也不算意外，得知陈丽在国外有个幸福的家庭，她也由衷地高兴。只是想到自己和萧晨阳居然不是兄妹，心里头难免五味杂陈。

原本她曾无数次祈祷萧晨阳不是她哥哥，可现在真的不是了，她又很难过。如果不是兄妹，他还会对她好吗？她以后又能以什么身份出现在他面前呢？这些年，她给他带去那么多麻烦，他还会理她吗？

相比晨诺心头的千回百转，江仲生夫妻就要高兴多了。

"她真的是我们的女儿。"江太太一遍又一遍重复着这句话，江仲生怕她太激动出什么事情，转身去安慰已经泣不成声的素玫。

萧晨阳只感觉全世界都放晴了，终于不用再隐藏自己的心思了，终于不用再受折磨了！他顾不得众人的眼光，转身就将晨诺搂进了怀里，快速俯下身去，吻上她的唇，他知道她还有很多疑问，不过他觉得现在不是解释的时候……